W9-BAV-181

Done
M-W
11-12:30
895 24113

ANA LYDIA VEGA

PASION DE HISTORIA Y OTRAS HISTORIAS DE PASION

ST. JOSEPH'S UNIVERSITY

3 9353 00294 8691

PQ
7440
.V41
P34
1987

EDICIONES DE LA FLOR

Primera edición: octubre de 1987
Cuarta edición: marzo de 1994, primera reimpresión

Diseño de tapa: Walter Torres

Composición: *La Galera*

© 1987 *by* Ediciones de la Flor S.R.L.
Anchoris 27, 1280 Buenos Aires
Queda hecho el depósito que establece la ley 11.723

Impreso en Argentina
Printed in Argentina

ISBN 950-515-114-4

A William Irish

A Ernesto Sábato

A todos los traductores del silencio

"Verisimilitude is a question of style."
Raymond Chandler

PASION DE HISTORIA*

"What is drama, after all, but life with all the dull bits cut out."

Alfred Hitchcock

* Premio Juan Rulfo International
París, Francia, 1984

I

La carta de Vilma llegó como respiración boca a boca, *photo-finish* históricamente oportuno que vino a remolcarme de uno de esos líos en que me meto casi por vocación.

Yo acababa de romper con Manuel después de nuestro último choquecito de egos sobrealimentados. Cuando se me presentó la oportunidad de dar reversa, me sorprendió mi propia indiferencia ante el clásico trauma de la separación. Es más, por poco lloro de alegría al enterarme de que "la otra" era nada menos que su legítima esposa. No sé cuál de los dos se botó más: si yo, fingiendo unos celos de pacotilla para suavizar el karatazo o él, haciendo de chillo contrito en un papelote que bien hubiera podido ganarle el Oscar de *best supporting actor*.

Agarré mis bártulos y —taratatán— me mudé a Río Piedras: un clóset disfrazado de habitación, con baño y entrada independientes. No estaba mal para el precio y mi risible percápita de maestra. Era en la calle Humacao, territorio de pupilos insurgentes perfumado ocasionalmente por fragancias de alcantarilla desbordada. Como quiera, tenía mi muy woolfiano cuarto propio para poder al fin dedicarme a escribir, que era lo que verdaderamente me interesaba. Y me sentía, si no feliz, por lo menos relativamente tranquila.

Tranquilidad que no duró mucho, por supuesto.

Para esos días, estaba trabajando en una novela medio documental, medio policíaca sobre un crimen pasional que había ocurrido hacía poco en un condominio clase media de Hato Rey. Se trataba del famoso "caso Malén", tan explotado por la prensa amarilla del país por su carácter particularmente sangriento y su moraleja reaccionaria para mujeres chochicalientes. El libreto no era muy novedoso; un macho desechado sorprende a la ex en

9

pleno encarame con su pana fuerte. Detrás del deleite morboso y la minuciosa geografía de las puñaladas, el entrelíneas resultaba bastante obvio: ni de madera son buenas.

Quiero pensar que fueron los implícitos puritanos del reportaje los que me embollaron y no esa sombría curiosidad que hace que uno se detenga en la autopista a ver cómo levantan con espátula el cadáver mutilado de un infeliz. Lo cierto es que Malén me había agarrado *in flagranti* desde aquella foto suya junto a la de su asesino en la primera plana del *Vocero*: guapísima ella, melena lolaflores, labios más que carnosos, mirada ojerosa; él, guapo también, con el ceño fruncido y la expresión satisfecha del que ha cumplido con un deber horrendo pero deber al fin.

Sin la intervención del azar, la cosa se hubiera quedado ahí: dos fotos dignas de mejor suerte, otra pedestre historia de pasión. Pero una casualidad colmilluda, como la que le puso Salvador al asesino, quiso que el crimen tuviera por escenario el condominio mismo donde alquilaba mi madre. La pobre estaba hecha un auténtico muro de lamentaciones con la cantaleta de que si el edificio tenía un fufú echado, que primero el nene que se cayó por el roto del ascensor, que luego la pareja que hacía abortos y tiraba los fetos por el inodoro, que ahora esa mujer tan indecente paseándose desnuda por el pasillo de noche, un-hombre-diferente-cada-día y con razón túvole que pasar lo que pasóle. Gracias a esas letanías en tandas corridas, me enteré de los chismes que, entre mil etcéteras editorializantes, filtraban los vecinos desempleados: detalles que conformaban y deformaban a la vez el cuadro macabrón del periódico.

Malén y el amigo del ex-amante habían estado escuchando un disco "a to fuete" cuando el asesino "le cayó a patás" a la puerta del apartamento. Tal vez por eso no sintieron el escándalo metálico de su puñetazo en la miami rota que daba al pasillo ni el salto de gato que lo depositó de pie en la oscuridad de la cocina. Estaban "esnús en pelota" en el sofá-cama de la sala, bebiendo cerveza y picando chicharrones con esa canina que asalta siempre *a posteriori*. El recién llegado no recién llega solo. Lo acompaña una daga (sic) de seis pulgadas de filo. En lo que ella registra lo que está a punta de pasarle, el amigo traidor embala puerta afucra, *ciao ciao bambina*, si te vi no te conozco y hasta el sol de hoy. Golpes, insultos, tajos. Malén se hace la muerta y no le cuesta. El matador se va detrás del Otro. Malén se levanta como puede, cojea por el pasillo semiluminado, pinta las escaleras hasta el piso inferior. De vuelta de su búsqueda frustrada, Salvador huele el rastro mientras la futura difunta saca fuerzas de donde no tiene para golpear las puertas ciegas del pasillo. Tun, tun no hay nadie, le contesta la muerte.

Por estar rezando no fue, epitafia el Club de Esposas Condominadas mientras Machistas Unidos Jamás Serán Jodidos recoge la consigna heroica del asesino que se entrega al día siguiente en el cuartel de Hato Rey: La piqué porque me la pegó, versión urbanamente prosaica del viejo Mía o de naiden. Por supuesto que ninguno se preguntó por qué el fulano que salió pitando cuando las vio malas no tuvo que gastarse ni un chavo prieto en curitas. Y a nadie se le ocurrió impugnar el yo-no-meto-la-cuchara-en-plato-ajeno de los espectadores que no abrieron la puerta cuando Malén vino a pedir el último aguinaldo. Se la vi, como se dice en francés criollo.

Poco a poco fui reuniendo una cantidad respetable de recortes y testimonios, interrogando a los chismosos cada vez que iba a dañar ropa en las máquinas del condominio maldito. Una simple historia de celos, me repetía para minimizar la fijación malsana, verdaderamente nada del otro mundo. Y sin embargo, tan de otro mundo sí: un mundo de hombres vengativos y mujeres prohibidas que, por algún retorcimiento clandestino, asusta pero gusta.

Así empecé a tejer el cuento de Malén, la novela de Malén, porque cada día se iba enredando más la madeja de escenas sueltas, deshilachadas, donde siempre faltaba algo: la costura decisiva, el hilo que las pusiera a significar. En ésas estaba cuando las declaraciones juradas de mi vecina, ama de casa con genes detectivescos, me machetearon temporeramente la concentración.

Hacía unos cuantos días que Doña Finí estaba en pie de guerra, sus cañones ópticos enfilados hacia un "atorrante" que rondaba por el vecindario a cualquier hora del día y de la noche, aparentemente en pos de doncellas violables. Lo inquietante del caso, según Doña Finí, era que el aplanador de calles, quien para colmo estaba motorizado, no le desclavaba el ojo a la ventana de mi cuarto, fatalmente orientada hacia la calle. Inclusive disminuía indiscretamente la velocidad hasta casi detenerse, al pasar a pocos pies del oscuro objeto de su putativo deseo. Doña Finí me traía loca. Tan pronto regresaba yo de la escuela, con los dedos enroscados de dolor dentro de los tacos de cuatro pulgadas que recetaba la elegancia y muerta por jartarme un sándwich cubano para calmar a la boa constrictor que paseaba dentro, me bombardeaba con los frutos de sus investigaciones: Niña, ese tipo no tiene vida, hoy hasta se me quemaron las habichuelas por estarlo chequiando por reló y to, te voy a pasar la cuenta a fin de mes; y chúpate ésta, so desconfiá: pasó a las siete, poquitito después de irte tú, como a las diez y media, cuando yo estaba cambiándole el pámper a Charlito en el balcón; y a las doce en punto, acabaíto de empezar el Show de Mediodía, estaba Dani Rivera encampanao cantando Yo-quiero-un-pueblo-que-ría-y-que-cante y brincando parriba y pabajo como hace él, cuando volvió; después parece que cogió un brei, iría a echarse al cuerpo una empanadilla o algo, pa seguir con el relajito a la una y a las dos y media; ahora mismo acaba de pasar, por poco se cruzan, nena, ay Virgen de la Providencia ampáranos, que está el sinvergüenza choreto en este país…

Confieso que me sentí secretamente halagada por las revelaciones de Doña Finí. A mí nunca me habían sobrado los pretendientes. En la universidad, la levantadora, la *femme fatale* era mi amiga Vilma. Yo era más bien de ésas que tienen que trabajar su candidatura a puro pulmón, compensando sexo con seso. Pero, claro, supe manifestar un recatado disgusto ante aquel alerta de huracán para mi supuesta castidad, cosa de remunerar a la vecina por su eficiente patrullaje. Toda la semana viví el placentero suspenso de mi sátiro cronometrado, sin llegar a cogerlo en pifia debido a las irregularidades del horario durante el sufrido

12

"mes de actividades" de la escuela. Hasta que el sábado, día en que debutaban oficialmente mis vacaciones de verano, osé asomar el hocico por la persiana para descubrir que se trataba nada más y nada menos que de "El Retorno de Manuel", película que ya había tenido que tirarme varias veces.

Esto me molestó más de lo que me decepcionó. ¿Cómo carajo había averigüado mi nuevo hábitat? ¿Con qué derecho me espiaba tan descaradamente? Lo próximo sería rebuscar en mi zafacón a media noche en busca de condones emplegostados para su álbum.

Por eso me alegré tanto cuando recibí la carta de Vilma. Me invitaba a pasarme tres semanas gratis con ella en un pueblecito de los Pirineos franceses, idea platónica del exotismo para esta triste criatura de los Trópicos. La única jodienda, me decía, es que estaremos en casa de los viejos de Paul. Pero entonces procedía a describir, en términos absolutamente paradisíacos, los bucólicos parajes donde yo habría de empollar la Gran Novela Puertorriqueña.

Aunque sólo llevaba cinco años en Francia, Vilma padecía de nostalgia crónica. Se carteaba con cuatro compañeras de estudios, entre las cuales era yo, por proclama papal, la preferida. Sus cartas de tono elegíaco, eran verdaderos cuestionarios sobre lo que llamaba "el chisme nacional". Como las intrigas palaciegas me interesaban poco, me costaba bastante trabajo saciar su sed draculesca de pormenores. Por eso me las arreglaba para llenar sobres manila con pilas de recortes politiqueros y hasta le mandaba regularmente su *Claridad* para que se mantuviera, como decía solemnemente ella, "conectada con la lucha."

Tomé una decisión inmediata, cosa rara en mi vida. Invertí mis ahorros de tres años de esclavitud magisterial en un boleto tarifa excursión y, haciendo una escala de una semana en casa de Mami para despistar a mi perseguidor y tranquilizar a Doña Finí, crucé por fin el charco de los Conquistadores con la Smith-Corona portátil a cuestas y el expediente del caso Malén bajo el sobaco.

II

Llegué de noche, tras día y medio de peregrinación en avión y tren. Mi termómetro antillano no estaba preparado para el fresco de la estación. Apenas podía disimular un temblor telenovelesco de labios cuando tuve que saludar a Paul en mi francés goleta de requisito universitario. Vilma me recibió como a Mesías chancleta.

Entre el frío, la cháchara, el ronroneo del carro y las curvas del camino, creo que cabeceé varias veces. Paul apenas hablaba, no sé si por timidez o por rebeldía, pero se daba gusto acelerando por aquella carretera sin iluminación y cubierta de neblina. Por suerte, los padres de Paul dormían cuando llegamos y me ahorré las ceremonias de saludo que hubieran acabado de zombificarme. Vilma me tenía preparado un cuarto de lo más acogedor, con cabeza de sarrio disecado en la pared y todo. Había hasta una chimenea, apagada por desgracia, decorada con vasijas de cobre chillón. Con gran fanfarria me anunció su *coup de théâtre* máximo: un escritorio antiguo, muy coquetón, oloroso a barniz recién frotado y lleno de gavetitas inesperadas, que había mandado a restaurar especialmente para Carola Vidal, la escritora con E mayúscula.

—Si no pares algo aquí es porque eres machorra —me dijo, depositando una frisa de lana gordísima en la cama de dos plazas. Con esa monstruosa responsabilidad, me dejó en *ménage à trois* entre el cansancio y el sueño.

Me levanté temprano y abrí la ventana de par en par. El caserón de piedra tiranizaba un extremo de la aldea en pleno Valle de Aspe, entre laderas de montañas grises y azules camufladas por las nubes. Respiré profundo para purgarme los pulmones de treinta años de contaminación urbana en San Juan, fui a buscar la frisa y me la puse de estola. El paisaje de tarjeta postal seguía ahí pero esta vez salpicado de personajas folkóricas: un rebaño de viejitas vestidas de negro de pies a cabeza iba subiendo trabajosamente la cuesta que se perdía entre las casas estrechas y altas. Un campanazo muy bien sincronizado me dijo que iban a la iglesia. Con la conciencia del domingo me entró la vaga angustia de esos días de antiguas obligaciones desechadas.

Miré el reloj, que aún marcaba el tiempo puertorriqueño, y maldije el Meridiano de Greenwich: seis horas más vieja. En Puerto Rico serían las tres de la mañana, todavía estaría yo roncando si a alguna alarma de carro, gritería o tiroteo no le daba con jorobar el sueño de los injustos. Pero acá eran las nueve de esa mañana silenciosa de los Pirineos donde, tuve la sensación bien clara, bien intensa, el tiempo era otro tiempo.

Estuve un rato en el cuarto, sacando ropa de la maleta, disponiendo la papelería sobre el escritorio, abriendo y cerrando gavetas hasta que escuché los ruidos inconfundibles del despertar de los reyes. Al rato irrumpió Vilma, con su característica falta de tacto, gritando que el gallo ya había cantado, que si pensaba roncarme las vacaciones y otras tantas consignas de invasión.

—Prepárate, allá abajo están los viejos —dijo con cierto aire travieso, arreglándose la partidura ante el espejo del inmenso ropero cuadrado militar ante la puerta. Abajo estaban efectivamente los viejos: él, con su boina negra y su bastón; ella, con un delantal puesto y cafetera en mano; los dos muy arquetipo de pareja francesa de provincia vía Chabrol. Noté que Vilma lo saludó a él pero no a ella, con el típico doble asalto a los cachetes. Invertí el procedimiento, fiel a mi instinto feminista, mua-mua para la doña, obra a la mano para Don Boina con una sonrisa tanque. Ambos me saludaron efusivamente, elogiaron mis largos cabellos negros plagados de horquetillas, el amarillo hepatitis de mi piel y otros encantos boricuas que sacan de apuros. En ese intercambio de fascinaciones biculturales, desayunamos *café au lait* y *croissants* calientitos. Paul no había hecho acto de presencia y Vilma me explicó que había salido de pesca con los amigos. Ya yo había registrado los animales disecados y el despliegue de armas en las paredes. Conque amador de aires libres y domador de fiera fauna el tal Paul... Me pareció una ocupación apropiada para él, muy a tono con la boina paterna, el delantal materno y la casa de piedra en la montaña.

Para consolidar mi puntuación ascendente con la madre, ofrecí lavar los trastes, petición que fue —afortunadamente— denegada. Vilma me arrastró hacia afuera, sin siquiera permitirme ir a buscar un suéter, con su cantaleta de aire fresco y puro y ya verás cómo caminando te calientas. Y me dejé llevar, como una de esas ovejas trasquiladas que cruzaban la aldea por las tardes.

Poco duró mi inocencia. Aquel primer paseo acabó prematuramente con mis vacaciones. Vilma me confesó lo que yo, en cierto sentido intuía: que le iba mal en su matrimonio y que estaba hasta considerando el divorcio, razón por la cual había querido la presencia de su Madame Soleil caribeña. Ingrata tarea la de confidente. Sobre todo, tratándose de Vilma, cuyas exigencias de "objetividad" y "distanciamiento crítico" me eran bien conocidas. Era uno de esos seres que monologan por horas, ajenos a la fatiga del que escucha ghandianamente acostado ante el tren de su discurso.

Los primeros dos años fueron de felicidad fílmica: los estudios en Toulouse, el descubrimiento del "Viejo Mundo", el romance, la boda y la mudanza a Bordeaux. Paul empezó por negarle el derecho al trabajo pero eso no fue tan doloroso. Los problemas surgieron cuando también intervino con el derecho al ocio. Ni hablar con la vecina del piso la dejaba, montándole tremendo circo romano si a su regreso no la encontraba meneando la sopa en la cocina con el cucharón de cobre, regalo de los viejos pirenaicos.

Mi esquema prefabricado del anthropos francés se vino abajo sin gracia. Yo que me los imaginaba tan sofiscados, tan *évolués*, tan Sartre y Beauvoir para sus cosas... El marido de Vilma dejaba niño de teta al más vil de los machistas insulares.

Aquella reencarnación caucásica del Moro de Venecia sospechaba de todo y de todos. Bajo esas circunstancias, me preguntaba inclusive cómo había autorizado mi discreta invasión de su universo. Pero ahí no paraba la cosa. La princesa taína secuestrada por el malévolo cazador de jabalíes sufría también los vejámenes de la bruja con delantal y cafetera que tan gentilmente me había tratado esa mañana.

—Suerte que no vives con ella —dije, a modo de consolación esperada.

Entonces fue que Vilma, su habitual fanfarronería quebrantada, me contó los hitlerianos detalles de la persecución desatada contra ella por su suegra: las cartas intercambiadas con el hijo, las llamadas telefónicas, las visitas relámpago a Bordeaux con el pretexto de llevarle antojitos culinarios… La doña nunca había favorecido la boda de Paul con aquella mamífera isleña, plebeya Joséphine de Beauharnais en sus mestizos encantos. Madame Yocasta tenía "contactos" en la ciudad que le seguían la pista a Vilma dondequiera que iba y le rendían minuciosos "informes" que ella, a su vez, sometía a la consideración de Paul.

La cosa sonaba tan extraña, tan conspiratoria, tan Daphne Du Maurier, que llegué a pensar que se trataba de una fantasía paranoide de mi amiga. ¿Tanto la había afectado la nostalgia? No dije nada por razones obvias y además, porque la historia —maldita dicotomía del oficio— me parecía absolutamente fascinante. Por mi mente desfilaron todas las mujeres infieles por aburrimiento de la literatura y el cine franceses mientras Vilma Bovary perseveraba en su insólita narración.

—Irónicamente, lo menos malo son estos veranos en casa de los viejos. Aquí por lo menos puedo moverme. Me imagino que se sienten más en control de la jaula. Además —añade con invencible picardía— aquí no hay gente joven.

—¿Y el suegro? —pregunté, recordando el doble beso de Vilma a Don Boina.

—El pobre —suspiró, con callada elocuencia.

Y seguimos paseando, con los brazos entrelazados, por la carretera que tapaba la insinuación brillante de un río.

Paul llegó entrada la tarde. O quizás de noche, porque allá el día llega casi hasta las diez con la misma claridad engañosa. Yo sé que ya estábamos sentados a la mesa, pescando vegetales en la sopa humeante mientras negociábamos cortesías internacionales con los suegros. Me sentía bastante inquieta. Después de todo, las confidencias de Vilma no eran para tranquilizar a nadie. Mis sentidos se agudizaban extraordinariamente o tal vez sería el vino que, con la maleante intención de ajumarme, tan abundantemente me servía Don Boina. La cosa es que hasta los cuadros y los jabalíes disecados de la cocina daban la impresión de estar vivos, con esa vida febrilmente indiferente de los objetos que significan.

Cuando entró, del susto casi suelto la cuchara. Barba Azul dijo *bonjour*, aunque yo tenía entendido que era *bonsoir* lo que mandaba el caso, besó a su madre, a Vilma, a su padre y creía que a mí también me tocaría el honor, pero me equivoqué. Me tendió una mano enguantada en cuero por encima de la mesa. Luego subió, con una excusa que no entendí —Vilma me había explicado que a veces hablaban en bearnés, la lengua arrinconada de la región— y la cena prosiguió tensa y tranquila. La *ratatouille* estaba riquísima.

Después sí fregué los trastes. Vilma secaba y la señora barría. En esa *pax* doméstica —oh, paradoja— encontré la quietud de la mañana en la ventana. Los hombres estaban fuera del cuadro. Sólo éramos tres mujeres trabajando y los nueve campanazos resonantes de la iglesia.

Vilma se despidió de mí con mucha ternura en la escalera. Yo me di un largo baño caliente, me sequé temblando y me senté a corregir —parir no se podía— las pocas páginas que tenía reescritas.

…"Malén cambia el disco y se recuesta. Está desnuda y su piel oscura brilla bajo la lamparita azul. Está toda desnuda y la música es un rock bien punk, bien pelo verde y cadenas en el

18

cuello. Suena el teléfono para Malén. Es Rafael y viene ya mismito, en cuanto cierre el almacén, no tarda, trae la cerveza y la comida china, que no cocine para que no huela a sofrito ni se ponga perfume en el cuello porque le sabe malo. Malén consiente, suave, que no se olvide de la salsa soya y los egg rolls, que ponche pronto que ella se sancocha, que Salvador la está velando hace tres días, siguiéndola en el carro a todas partes, meándole su firma en el pasillo, frente a la puerta del apartamento, dejándole mensajes claroscuros. Que se joda, interrumpe, tú no eres mujer suya, eso ya se acabó, él no te da mantengo ni te tiene hipoteca, yo no le cojo miedo y por siaca ando listo, pa eso compré esto, que le ponga pichón, que lo archive en la c y adiós Malén sensual, mi dulce chilla, con un jadeo viril que todo lo promete. Malén retira el disco, se mira, pone el radio, se recuesta. Está desnuda y su piel oscura brilla bajo la lamparita roja. Está toda desnuda y la música ahora es un bolero viejo, bolero Dipiní de amores despechados…"

En la media luz de la lectura, Malén se va vistiendo de negro como un sueño Truffaut.

III

La semana se me fue muy lenta, entre comidas cebadoras, fregadas kilométricas y escribidillas clandestinas. Clandestinas sí, porque Vilma, nuestra amistad redescubierta, no me perdía ni pie ni pisá. Me perseguía hasta el baño para contarme las tétricas minucias de su vida con Paul. Llegó a decirme cosas bien íntimas, cosas que ni bajo tortura hubiera espepitado yo a mi propia sombra. Narraba con talento, lo cual me obligaba a escucharla con un interés genuino del que me sentía bastante culpable, como si estuviera participando, a pesar mío, en un acto sumamente obsceno. Ella se daba cuenta y estiraba el cuento, pausando en los momentos más terribles para que yo preguntara, desnudara esa curiosidad indecente.

—La primera vez que me pegó creí que estaba jugando. Le

devolví el golpe y él me lo mandó más fuerte. Me asusté, quise salir del cuarto, me agarró, me arrastró hasta la cama...

Suspenso vílmico. Entonces, lo que me imaginaba: terminó metiéndoselo como Freud manda.

Yo no sabía si escandalizarme o felicitarla, porque todo esto lo contaba con cierta gracia dudosa y el extraño entusiasmo del que quiere asustar a un niño que quiere que lo asusten.

A los discretos encantos de Paul se añadían los de su madre. Contaba Vilma —y ésta fue una de sus confidencias menos tenebrosas— que, estando en casa de los suegros otra noche, durante una de las consabidas peleas, ella trató de salir del cuarto, quitó el seguro y se encontró con que algo o alguien estaba bloqueando la puerta desde afuera. El siniestro marido se moría de la risa como un Gilles de Rais cualquiera. Vilma jura haber oído una carcajada aguantada, indiscutiblemente femenina, detrás de la puerta.—Carola, por mi madre que era la vieja...

La doña, gozándose lo que Paul estaba haciendo...

Al cabo de una semana, la curiosidad había disminuido en proporción inversa a la angustia que me producían las confesiones espectaculares de mi amiga. Lo peor era el efecto que tenían en mi percepción de la realidad inmediata. Todo se deformaba. Tartamudeaba al hablar con la señora. Y si a Paul se le ocurría entrar de momento a la cocina, yo brincaba como un payaso de caja de sorpresas. No podía mirarlo de frente. Mi único refugio era Don Boina, pero un refugio bastante flojo porque el viejo veía televisión la mayor parte del tiempo y, cuando no, cabeceaba junto al radiador con el inevitable vasito de vino tinto en la mano. Vilma, sin embargo, adoptaba una actitud de extrema indiferencia, especie de calma controlada que contrastaba marcadamente con las atrocidades que soltaba en cantidades industriales cada vez que me agarraba sola.

El sábado violé el principio de neutralidad suiza y osé preguntarle por qué carajo no se había ido ya. No supo contestar.

El domingo por la tarde fuimos a Olorón-Sainte-Marie en la camioneta: Barba Azul al volante, Vilma al lado y atrás Don Boina, la Bruja de Blanca Nieves, esta mártir de vacaciones y los perros. Paseamos —en honor mío— por la ciudad, medieval de película, con su río ruidoso que atraviesa la calle principal y sus escaleritas inesperadas, buenas para duelos de espadeo. Tribus familiares galas, con todo y abuelos, deambulaban como nosotros sin rumbo fijo, precedidas por gigantescos perros pastores y se dejaban caer por los cafés al aire libre donde una juventud ociosa de provincia los ignoraba con aire falsamente mundano.

Merendamos *chocolat viennois* con sabrosísimos *russes* que la madre de Paul mandó a pedir para que yo probara. Vilma no comió nada. Me observaba, como divertida, entre el humo de los chocolates. La señora disertaba, animada, sobre las excelencias de la repostería francesa, verdad evangélica que me estaba felizmente constando. El marido ni oía, empeñado como estaba en zampar rusos dentro del tazón enorme sin la vergüenza que tal sacrilegio social conllevaba para mí. Hasta Paul me tiraba de vez en cuando una sonrisita de marido manso. Bajo el ojo implacable del trío, yo me pasaba la servilleta por la barbilla salpicada de azúcar, buscando qué decir para corresponder a tanta y tan inmerecida atención.

El rito dominical terminó a las siete de una noche que no era noche, clarito como estaba el cielo. Volvimos a apretujarnos en la camioneta para el regreso a las cumbres borrascosas. Vilma quiso ir atrás y cambió con la suegra. Su nalgamenta boricua me arrinconó contra la ventana. Por el camino, se conversaba como cualquier familia en cualquier sitio del mundo que vuelve de su paseo obligado. Me costaba trabajo asociar aquel relato de pasiones desbocadas que tejía Vilma con paciencia tercermundista, como telenovela vitalicia sin cambio de canal que me salvara, con aquella gente amable y hospitalaria que se desvivía por complacerme.

Paul se puso locuaz. Iba enseñándome los sitios de interés, lleno de orgullo regional. Me interceptaba la mirada en el espejo como quien no quiere la cosa, lo que me hizo notar que tenía los ojos verdes y nada feos, por cierto. Después de un tal puente de Escot, anunció solemne: Estamos en Sarrance. Punto de relevo en el camino a Santiago de Compostela, Sarrance era una aldea pequeñita acurrucada en la misma carretera frente al abismo del valle. Mientras Paul, embollado con el peregrinaje de Santiago, daba cultos detalles destinados a mi oreja extranjera, Vilma me agarró el brazo y señalando hacia un letrero que mi humilde francés me permitió identificar como posada, me dijo al oído:

—Ahí vivía Maité, una tipa que dejó al marido con los hijos y se largó con un mecánico…

Algo en la intensidad del tono me hizo virar la cabeza y entrar en el baile de sus ojos.

El lunes se desató el diluvio universal y se metió un frío reforzado de niebla de película inglesa. Yo andaba con dos suéteres y una casaca militar encima, dos pares de medias gordas, un pantalón de lana que me había prestado Vilma, y todavía me atravesaba los huesos aquella humedad verduga. Una cierta nostalgia de la ínsula lontana me picoteaba el corazón. Si no hubiera sido por el fabuloso fuego que prendió Paul para salvarme, creo que ahí mismo agarro el teléfono y adelanto el regreso a Puerto Rico, mitificado hasta los flamboyanes.

Ese día tuve un respiro. Paul estaba en casa, lo que hizo que Vilma suspendiera el asedio hembra a hembra. Las llamas me avivaron la fantasía. Pasé largos ratos mirando consumirse los maderos y dándole vueltas a mi obra pasmada. ¿Cómo decir la muerte de Malén? ¿En boca de quién ponerla? ¿De la vecina temerosa que no abrió la puerta? ¿Del retén del cuartel, eslechado de admiración ante el relato del asesino que se entrega? ¿Del amante de turno, apestoso a cerveza y nicotina, mientras oye por radio el final de su *soirée* frustrada? ¿Del estudiante de medicina que levanta la sábana y queda hipnotizado por la carne marcada de una mujer ausente? ¿Quién contaría a Malén, quién diría la verdad, si ella estaba muerta?

Esa noche pasó algo raro. Recuerdo que fue Vilma quien cocinó. Tras bastante insistencia, dado el monopolio culinario de la vieja. Era un veinticinco de julio, infausta fecha de la pseudo-constitución puertorriqueña y de la aún más infausta invasión yanqui a nuestras plácidas riberas. Vilma decretó que la ocasión mandaba arroz con habichuelas en contra-conmemoración de las dudosas efemérides. Se metió en la cocina, con percusión de ollas y calderos, y salió con dos tremendas fuentes de arroz blanco medio amogollado y habichuelas Goya que yo había traído en la maleta. Esto les cae como bomba, me dijo mientras depositaba, profesional, la gran mixta nacional en los platos resignados de suegros y marido.

El comentario me hizo una gracia cabrona. El subsiguiente ataque de risa hizo historia en los Pirineos. Con cada fatal ascenso de los tenedores, subía el volumen de nuestras carcajadas. Ahora, con perspectiva, lo admito: fue un delito de mesa imperdonable. Vilma se ahogó y hubo que sonarle varias veces la espalda. Me dolían las tripas a costa del esfuerzo que hacía por reprimir los chillidos. Entre sorprendidos y molestos, los viejos nos miraban y esas caras tan seriotas empeoraban el caso. Ya yo había abandonado toda esperanza de redención social cuando el *Ça suffit* de Paul sonó como tiro de cazador experto entre las cuatro paredes de piedra. Pausa brutal. Pillé dos o tres habichuelas más, por no mirar a nadie, me excusé bajito y subí al salón-biblioteca, sede del calor. No quería perder un brazo en la explosión, si es que iba a haberla.

Al rato subió Paul. Se sentó en el sofá, frente por frente al fuego. Yo me hice la loca, fijé la vista en el chisporroteo de la chimenea y ambos comulgamos sin palabras en la consumación de los leños prendidos. El momento fue breve pero intenso. Allí estábamos, él y yo, dos perfectos extranjeros, juntos por obra y desgracia de la voluntad ajena; yo, con la cabeza llena de cuentos truculentos; él, con quién sabe qué proyectos en la suya; los dos, incómodos y callados, justificados sólo por el fuego.

El día siguiente empecé un diario en una libreta llena de viejos cuentos natimuertos. ¿Actividad sustituta por la novela abandonada? ¿Presentimiento de que algo importante iba a suceder? La intuición lee en *braille* las barajas del tiempo.

IV

26 de julio

Sigue lloviendo largo. Paul se fue a Pau. Misión desconocida. Madame me puso a desgranar habichuelas tiernas (verdes, les dice ella), labor ingrata que sin embargo me entretuvo. Preparó una *garbure* divina, justo lo que hacía falta con la infamia del clima y la sosera del ambiente. Creo que no le caigo mal.

El frío pone nerviosa a Vilma. Da vueltas y busca víctimas. Para calmarla, la admití a mi cuarto después del almuerzo. En esta casa, el tiempo se mide por los vaivenes gastrointestinales de sus habitantes.

Me contó los detalles de la fuga de Maité: la ejemplaridad de la pareja, la dedicación del marido, la sorpresa de todo el valle cuando se supo que había parado el rabo… Con la jartura de *civet de lièvre* que llevaba en la panza, tuve que poner el piloto automático y ahorrarme el resto del evangelio según Santa Vilma. Sus historias, propias o prestadas, no difieren mucho de una cafre novela de Mauriac.

Paul me trajo dos revistas de Pau y un *France-Dimanche*. ¿Le habrá hablado Vilma de mi pasión por el *fait divers*?

27 de julio

La lluvia es como una alambrada que nos mantiene adentro. Por la noche llegaron los inquilinos del apartamento que alquilan los padres de Paul encima del garage. El es médico en Toulouse. Ella es, bien evidentemente, la mujer del doctor. Tienen un bebé de seis meses. Es agradable ver caras nuevas. Tomaron té de tilo con nosotros. El habla muy bien el español, adivino impurezas cachacas en su árbol genealógico. Encanto considerable. Vilma lo acaparó, *bien sûr*. A mi me tocó la tipa. Cogí el bebé en la falda y lo brinqué bruscamente para amueblar la escena. Lloró. Paul me miraba, sospechosamente tierno y sonriente.

28 de julio

Carta de Mami. La isla resucita. Y con ella, Malén: frutas en la cabeza y plumas en las nalgas. El asesino está en la cárcel. Trató de suicidarse, se lo impidieron. Se supo que es del Barrio Jurutungo. Ya sabía yo, dice mi madre, justiciera en su clasismo militante.

Salvador me persigue. Vuelvo a rondar con él por el pasillo del condominio maldito. Lo veo pararse frente a la puerta de Malén. Música dura. La persiana está rota: él mismo la forzó el día que Malén no quiso abrirle. La persiana está rota y Felipe Rodríguez canta adentro un lamento de machos ofendidos.

La voz de Mami me llega, entusiasta: "Descansa y aprovecha la ocasión para pasear. Francia debe ser bella. Socorro fue y dice que es divino. Ya quisiera yo haber tenido el chance que a tí se te presenta…"

Dulce inocencia de los sesenta años.

Las potencias no son tan sordas: ha salido el sol. Tímidamente es, pero ha salido. Los Rousseau nos proponen una caminata. Preparativos, sándwiches de pan fresco y salchichón, queso de la región, jamón de Bayonne, vino, agua, frutas. El bebé se queda con los padres de Paul, afortunadamente. Me siento de más entre las dos parejas, como un árbitro que no conoce las reglas del juego. Mis tennis resbalan sobre las piedras. Ellos tienen botas.

Salimos por el fondo de la aldea. Primero hay carretera asfaltada; luego, vereda que va empinando. Bajan los techos grises azulosos de las casonas blancas: aquí el color se esconde, abochornado, en la uniformidad de la costumbre.

Dentro de un agujero en la pared rocosa, descubrimos un nido de víboras promiscuas. Los hombres, bravucones, se ponen a cucarlas con un palo, ante el horror chillón de Vilma y Madame Rousseau. Yo no digo ni ji, por orgullosa, pero no me hace ninguna gracia. Vilma regaña a Paul y Paul se mofa. Entonces hablo yo y cesa el show de fuerza. *En avant*.

La mujer, Paul y yo vamos en fila india. Desde arriba nos llega la risa alborotosa de Vilma y el viril vozarrón de Rousseau, en cháchara incesante. Paul habla de la fauna, de patéticos sarrios perseguidos, de jabalíes en vías de extinción, de inmensos osos que campean por sus respetos, todo un *maquis* animal amenazado, en escape perpetuo por los bosques. Yo le pregunto entonces por qué caza. Baja con una larga explicación, sembrada de un extremo al otro de contradicciones: la caza devuelve al hombre a sus instintos, lo acerca de su presa, víctima y victimario comunican en la animalidad compartida, se reviven sabrosos atavismos y otros placeres del ADN. Madame Rousseau le regala una sonrisa de admiración beata. A mí no me convence. Es matar por matar. Pero le queda bien ese discurso. Va con el Paul que Vilma me revela. ¿Existirá ese Paul?

30 de julio

Mala suerte. Vuelven los aguaceros. Y estoy enferma, bobamente acatarrada, con la cabeza bien congestionada y las narices rojas. Me entretengo escribiendo tonterías en tarjetas postales regalo de Don Boina. Son fotografías antiguas de mujeres regordetas exhibiendo nylons negras y bocas de culo de gallina. Me extraña que Vilma no aproveche la ocasión para instalarse en mi celda. Por la noche averiguo el *pourquoi*: se fue de compras a Olorón con los Rousseau. Vuelve bien agitada, con la energía de sus años de piqueteadora universitaria, cantándole alabanzas al doctor —que ahora es Jean-Pierre— y criticando la comemierdería de la mujer. Figúrate, me dice, que no sabía ni dónde quedaba Puerto Rico. Y añade con un toque de orgullo en la sonrisa: creo que está celosa.

No le contesté porque tenía el termómetro en la boca. Unas decimitas.

31 de julio

…Miro a través de las miamis. Malén ha vuelto de la tumba, más radiante que nunca. Su cuerpo desnudo despide una luminosidad que todo lo envuelve. Camina triunfal por el pasillo transfigurado y las puertas se abren para dejarla entrar, oh Señora Malén, diosa de las tinieblas pasionales. Ella sigue derecho, imperturbable, desdeñando la obvia invitación de los umbrales. Un hombre se le acerca. No puedo ver la cara. Le acaricia las nalgas, jadeando fuerte como con pulmonía. Ella se da, suspira, gime, sus manos trepan por la espalda del hombre, por los hombros del hombre hasta el cuello. Y aprietan, dulcemente aprietan…

La mamá de Paul me trajo el desayuno a la cama. Tengo una monga del carajo. Hasta siento un principio de fatiga en el pecho, regresión absoluta a mi infancia de casa de madera. Vilma quiere que Jean-Pierre me ausculte. A mí me da vergüenza, el hombre está de vacaciones. Pero ella insiste, jode que te jode. Y vence.

Doctor Jekyll me pregunta si soy asmática, me pega el estetoscopio frío alrededor de la pechuga y en la espalda. Vilma está recostada contra el ropero, pubis protuberante, suéter muy pegado, labios como camión de bomberos. Reconozco los síntomas de lejos: es rapeadora profesional y no lo disimula. Jean-Pierre receta, veredicta: el clima es el culpable. Diserta sobre las consecuencias de las adaptaciones bruscas a habitats distintos. Tengo las antenas puestas a pesar de la monga y ligo por el espejo el lenguaje inconfundible de los cuerpos. Vilma, terrible, se acuesta al lado mío. Jean-Pierre se sienta al borde de la cama. Se soban con los ojos. Dios mío, pienso, la orgía va a ser aquí mismo, sobre mi cadáver de huésped indefensa. Mi fantasía se adelanta pero no se equivoca. Vilma le quita el estetoscopio de las manos y se ausculta ella misma, en un despliegue deslumbrante de tetas tropicales. Yo cierro y abro los ojos, exaltada.

Primero de agosto

El vaporizador me ha mejorado pero los antibióticos debilitan. Me duele la garganta. Estoy hecha un ocho. Camino al baño me encuentro con Paul. Llevo puesto un horrible camisón de lana de su madre, visión edipal que aparentemente lo conmueve. *Pauvre petite*, me dice y condesciende a acariciarme el pelo. La caricia no pasa inadvertida, *malgré* mi gravedad: piel de gallina y retirada honorable.

Me la pasé durmiendo el día entero. Vilma me trajo *crêpes* y un yogur. Me queda una semana. Empiezo a contar los días, como los prisioneros.

28

2 de agosto

El buen tiempo amaga. Ya se ven pedacitos de azul.

Estoy chumbona: eso acá no es pecado pero allá me costaría la mitad del *fan club* callejero. Jincha también, lo cual le encantaría a Mami, adicta a la pomada Porcelana.

La mujer del doctor está ayudando a la mamá de Paul. Las pailas de mermelada de mebrillo perfuman el ambiente. Me siento en la escalera a coquetear con un rayito de sol. Me sorprendo al ver a Paul sentadito a mi lado. ¿Quieres ir al correo?, propone, después de los bonyures de rigor, invitación que acepto con la debida dosis de timidez y cortesía. Subo a buscar las tarjetas, un abrigo. Bajo y ya está Paul prendiendo el carro. La madre mira ¿casualmente? por la ventana.

El paseíto me sale caro. Paul quiere hablar de Vilma. Me dice que ella ha cambiado mucho, que está como reviviendo su adolescencia, que dice mentiras, que se inventa cosas. Trata de sacarme data: yo sé que ustedes hablan mucho, que son viejas amigas, algo tiene que haberte dicho y dale que es tarde pero yo mutis, de boca cerrada no salen culebras, solidaridad clitoral a ultranza. Echamos las cartas en Bedous y él quiere seguir de rolo para el *apéritif*. Me siento inexplicablemente culpable de andar con el marido de Vilma, aunque algo me dice que ella ha de estar muy ocupada jugando a los doctores en algún rincón solitario. Paul sigue hablando de Vilma: ella nunca se ha acostumbrado acá, siempre está nerviosa, de mal humor y cuando se entusiasma su alegría tampoco es natural...

Miro por la ventana para no tener que comentar, moronamente sonreída. Un siniestro *playback* me atormenta: "que dice mentiras, que se inventa cosas..."

3 de agosto

Todo se me revuelve en malsano sancocho de emociones. Este *huis clos* acomplejaría al soso trío de Sartre. ¿Mi compañera de estudios, tremendísimo cráneo de tipa decidida, la primera del grupo que aprendió a guiar, Miss Segurola 1972 convertida en esta especie de Doña Juana mitómana que le mete mochos a su dizque mejor amiga con la mayor sangre fría del mundo?

Esta tarde, mientras Vilma se daba un baño de espuma y nos torturaba el tímpano con un concierto bastante freudiano de boleros viejos (*Entrega total, Escándalo, A escondidas he de verte* y *pidan por esa boca…*), la suegra salió a buscarme al jardín, donde yo intentaba vanamente tomar un baño de sol, para proponerme una taza de té. Tan británico impulso traía cola, claro. Y larga. Resulta que Madame Rousseau le había ido con quejas a la vieja: que si sonrisitas y guiñaditas, que si lunarcitos más abajo del Ecuador, dígame, *Docteur*, ¿es benigno o maligno?, que el insigne galeno no pegaba el ojo de noche con tanta provocación, él que siempre dormía a pata suelta… Bueno, la clásica historia de celos, sólo que muy justificada, para variar, porque me constaba de propio y personal conocimiento que la nuera en cuestión se las traía. Madame Yocasta no se atrevió a acusar a Vilma en mi presencia y menos mal, porque no sé si hubiera tenido el valor y el talento histriónico que se necesitaba para defenderla. Me pidió que hablara con ella, como cosa mía, sin mencionar su nombre, por supuesto…

Cañona situación: una escritora indisciplinada, acabadita de salir de un lío amoroso, de rehén en una casa donde hay un matrimonio en vías de extinción, una compatriota medio craqueada sino craqueada ya, un cazador casado a la caza de turistas presas, un médico con el estetoscopio ansioso de aventura, una esposa de médico acomplejada y celosa y una suegra intervencionista. Sólo Don Boina, impasible, guarda una semblanza de equilibrio psicológico en esta comuna de libre empresa y competencia que Bertrand Blier hubiera dado la vida por filmar.

Debí haberle dicho que no, que la cosa era entre Vilma y Paul, que el casado casa quiere y zapatera a tus chancletas. Pero una cosa es la teoría y otra la praxis, como bien saben los choferes de taxis. Y solamente respondí, con estudiada mansedumbre: todo esto es muy delicado, no sé si me atreva, usted comprende… Y para que la vedette no fuera a salir del baño, la cabeza envuelta en una toallota bien castiga-Carmen-Miranda, y mangarme en vil chanchullo con Mrs. Danvers, me tragué el té sin pensar que pudiera estar envenenado y volví al jardín antes de que el gallo cantara por tercera vez.

V

No sé por qué deje de hacer anotaciones. Quien mucho vive, poco escribe o algo por el estilo. Aquí calla el diario y sigo yo, con la frialdad que impone la distancia.

Esa noche me fui tempranito a la cama, gracias a la insistencia de Paul para que jugara *Scrabble* en francés con él y Vilma. Sintiéndome como acusada puertorra en corte federal gringa, subí y me acosté con Stephen King, mi resuelve favorito para el estrés. No sé hasta qué horas leí. Eché un sueñito que me pareció muy breve, interrumpido como fue por el jodón crujir de la escalera. Miré el reloj y vi que eran las tres. La Miss Marple que llevo dentro registró que los pasos bajaban y un ratito después oí el chirriar mohoso de la puerta que daba al jardín. Los perros no ladraron: el noctámbulo era persona conocida. Me acerqué a la ventana de cristal para ligar a pupila suelta. ¿Quién osaba desafiar el crudo verano pirenaico a estas inhóspitas horas del amanezca?

No tuve tiempo de aplicar la lógica implacable de Rouletabille. El tembandúmbico andar de la figura la delató: Vilma, andando de noche sola, en pijama *baby-doll*, qué ovarios. ¿*Rendez-vous* nocturno con el *promeneur solitaire?* Esto me pareció un poco fuerte, aun para quien estaba dispuesta a tajear los tabúes del *establishment*. Si en sus planes estaba meter mano con el *docteur* a sólo minutos de distancia de su marido roncante y de la insomne Madame Rousseau, estaba perfectamente frita: los charcos de hemoglobina harían orilla. Conjuré la escena: Vilma y el Jean-Pierre, ancestralmente espatarrados en el callejón entre las dos casas o rodando por el polvo del garage. Indiferentes a las víboras de aquel glacial Edén, iluminados por la indiscreción de los cucubanos, no se percatarían de la reptil llegada de Paul, con la carabina al hombro. En cámara superlenta, el noble cornudo cogería impulso y puntería, esperando el momento preciso del despegue mientras esta servidora presenciaba muda, desde su hitchcockiana ventana, el final de Vilma.

Pero Vilma no fue al encuentro de tan cruento destino. Siguió de rolo, deteniéndose en el lomo de la cuesta que subía hacia la iglesia, justo al lado del garaje proscrito. ¿Intentaría largarse en el carro de Paul? ¿abandonaría al marido en la propia casa paterna para restregarle la derrota en la cara? Y —el detalle más maquiavélico de todos— ¿en *baby-doll*?

Me imaginé el corricorre, el escándalo de cinco estrellas al escucharse el motor rugiendo jaldarriba. ¿Y yo? Pensé en la posibilidad de enclaustrarme per *sécula seculórum* en aquel cuarto de mis desvelos, votos de silencio y huelga de hambre incluidos en el especial. O pedir asilo en la embajada puertorriqueña (¿cuál?), tras una huída espectacular, oculta bajo una piel de oveja, en el anonimato del rebaño que desfilaba por allí todas las tardes.

Pero como en *dénouement* de Brian De Palma, Vilma no juyó. Se quedó un rato relativamente largo monologando con las estrellas, hizo un lánguido *about-face* y volvió a internarse en el castillo de Nosferatu.

Faltaban dos días para mi liberación. Me levanté bien tarde, con las ojeras que me las pisaba. Me eché una hora en el baño hojeando *Nouvel Observateurs* decrépitos y cultivando el estre-

ñimiento de cemento armado que me habían legado estas "vacaciones." Luego traté de remediar con maquillaje los desastres de
la guerra.

No tenía la menor intención de quedarme a solas ni con Vilma ni con la suegra y mucho menos con Paul. Así que calculé
mi descenso esplendoroso para poco antes del mediodía. Como
diosa en machina, me enfrenté a la profusión de suculencias,
preparadas, sospecho, en mi honor. El cuadro familiar perfecto:
Papá, Mamá, Bebé. Vilma con licencia por "enfermedad". Sólo
su silla vacía y su plato bocabajo dan mudo testimonio de la cita
rota. Y entonces, los saludos. Las tres divinas personas se me
tiran literalmente encima, me reciben como a heroína de la Resistencia que soy. Por eso me entretengo jugando a la esperada.
Soy el *punching-bag* mullido para sus frustraciones. Me sirven,
me añoñan, me malcrían. Con mi docilidad social a prueba de
todo, hoy soy la nueva nuera: la repuesta.

El ángel rebelde viene y va en su cuarto. Comemos como si
no escucháramos la protesta sutil de la madera.

Por la tarde, cae la otra pieza del rompecabezas: el carro del
doctor no está. En el apartamento vacío, un *A LOUER* gigante
me cuenta lo que falta.

Vilma no quiso bajar en todo el día, cosa que hubiera tenido
cara de desaire si yo no hubiera sabido más que eso. Por la noche, cuando intentaba violar la intimidad del cuarto conyugal,
caí en garras de Paul. Nos cruzamos en la escalera: él, con una
bandeja llena de matahambres rechazados; yo, con un airecito bo-
balicón de yo-no-he-visto-nada.

—¿Está mejor? —dije yo, entrando en mi papel de idiota del
barrio.

—No quiso comer —dijo él, entrando en el suyo de marido
buenagente.

Hice el intento. ¿Se puede ver? Mejor no, mañana, si acaso. Ese "si acaso" (o sea *peut-être*, porque esta escena era, después de todo, en francés) acabó de pugilatearme. ¿No pensaba ella salir antes de que yo alzara el vuelo? Eso sí que me olió a perfume de petroquímica.

Como no podíamos quedarnos indefinidamente en la escalera, velando aquella bandeja como si fuera un muerto, Paul me invitó a mirar fotografías en el salón de la chimenea. Debo confesar, con toda honestidad, que si hay algo que odio por encima de todos los rituales pequeñoburgueses que componen mi pendeja vida, es mirar álbumes fotográficos. Pero la curiosidad y quizás un secreto deseo de retornar al lugar de nuestro primer idilio ocular me torcieron el brazo en rica llave inglesa.

El salón no era el mismo sin el fuego. Las paredes se veían más sucias, los forros de las butacas más desteñidos por el tiempo. El ambiente era estático, casi hostil en su *pax romana*. Paul volvió con un voluminoso libraco bajo el brazo. Suspiré, preparándome para el interminable desfile de bebés cachetones, virginales doncellas vestidas de blanco y clanes familiares atrapados entre los dos extremos de un sofá. Paul se sentó a mi lado, oloroso a *after-shave* roceado a la carrera, y colocó el mamotreto en mi falda. Sin el menor roce, debo decir en honor a la verdad.

Empecé a pasar páginas, con la pausa prolongada de rigor y el comentario recomendado por la Asociación de Mártires de Albumes Fotográficos. Pero este álbum no tenía nada de ortodoxo. No conforme con tener las paredes sobrepobladas de animales muertos, Paul había llegado al extremo de tomarles fotos a las infelices víctimas de sus cacerías, antes, durante y después del estirón de pata. Sarrios, jabalíes, buitres, aves de todas clases sociales y hasta un oso, señores, en pleno desafío a las leyes protectoras de la fauna a punto de joderse.

Aquel despliegue necrofílico me sobrecogió. Traté de suprimir todo juicio moral al respecto. Después de todo, era casi normal que un cazador quisiera conservar como trofeos las pruebas fehacientes de sus hazañas. No son gente, son animales, me repetía mentalmente, pujando por aceptar el *fait accompli* de aquella masacre, y afligida en lo más profundo de mis simpatías ecologistas. A la séptima página, ya se me habían agotado los comentarios de reserva y me preguntaba cómo carajo iba a poder sobrevivir este asedio zoológico a mi salud mental. Ajeno a mis traumas, Paul narraba con lujo de detalle la épica paleolítica de sus aventuras. Por poco se me sale un grito de júbilo al pasar la última página. Pero el júbilo se me hizo sal en la garganta ante la agresión de la foto final. Brillosa, 8 x 10, inmensa, en un blanco y negro radical: una cabeza de sarrio y, junto a su falsa sonrisa disecada, cachete con cachete, como en extraño clinche bolerístico, la cara traviesa de Vilma, con los ojos saltones y la lengua por fuera.

No me atreví a mirar a Paul, que seguía hablando como si tal cosa. Pero yo ya no lo escuchaba. La duda me había dado otro martillazo en la cabeza. ¿Quién tenía la verdad archivada en el bolsillo? ¿Cuál de los dos era guatepeor?

Pasé la noche en vela y cuando me noqueó el sueño a quince asaltos, no tuve pesadillas. No hacían falta.

El último día de mi condena, un domingo, amaneció brutalmente soleado, sin ese mosquitero de neblina que exhiben las mañanas en los Pirineos. Oí a Paul hablando en la escalera con su madre y los sentí bajar. Me vestí a las millas pero tuve que volver a quitarme la blusa. Me la había puesto al revés, viejo hábito revelador de revoluses interiores. Agarré un papel virgen y escribí en letras bien grandotas:

ME VOY MAÑANA.

Corté y doblé el papelito, salí y lo deslicé por debajo de la puerta del cuarto de Vilma, con un golpe suave para anunciar la minúscula invasión de mi literatura. La Bella Durmiente no se dio por aludida.

35

Al bajar rumbo al olor a café de verdad que invadía la escalera, comprendí que había desperdiciado mi energía conspiratoria: allí estaba la gran Vilma, in vivo y via satélite, en todo su esplendor puertorriqueño, a millas náuticas de aquel deprimente dueto con el sarrio.

El viejo y la vieja se habían ido a misa y Paul, en un arranque de devoción filial, los había acompañado. Vilma estaba contenta, cariñosa, como cuando llegué, aquella noche fría, a traerle fragancias de la isla. Dejamos los trastes en el fregadero, preparamos sándwiches de *roquefort* y mantequilla, llenamos una bota de vino tinto y entramos, con paso uniforme de colegialas, en el fresquito de la mañana. Mi amiga estaba llena de energía, con esa vitalidad inquebrantable que le sobra a mi gente, lactada en la desgracia.

—Prepárate a jalar pata —decía— que tengo hormigas en las batatas.

Y caminamos mucho, mucho, cantando *Verde Luz, Coño Despierta Boricua, Isla Nena* y tantos otros aperitivos patrióticos para el retorno a Puertorro. Bajamos hasta el río. Allí nos quedamos un buen rato, recordando los años locos, pasándonos la bota, Vilma y Carola riéndose con la eterna pavera que sólo se comparte en la irresponsabilidad total o en la absoluta certeza de la tragedia. La violencia de hombres y mujeres parecía haberse detenido, escondiendo su rostro patético de vampiro arrinconado por el alba.

En un impulso alegre, le propuse volver a Puerto Rico juntas. Eso viene, me dijo, pero tiene su tiempo. La gravedad de lo que estaba diciendo se fue infiltrando lentamente en mi conciencia. Vilma estaba tranquila, con la calma aplastante de la que ya ha escogido.

La *soirée* estuvo a cargo de Don Boina. En lo que constituyó un récord de locuacidad, me contó sus heroicas peripecias de la

Segunda Guerra Mundial mientras la doña, Paul y Vilma miraban una vieja película de Marcel Carné.

Las vísperas siempre son chéveres. Arreglé maleta y maletín como caja de yerba para los Reyes Magos. Esa noche soñé con francesas de cráneo afeitado por la traición de haberse acostado con un Nazi.

La despedida fue breve. Entre dos trabajadores árabes en tránsito a Marruecos vía España, le dije adiós a Vilma por la ventana. Paul saludó con la mano hasta lo último, fiel a los preceptos del Manual de Civilización Occidental. Vilma fue más primitiva. Se fue antes de que arrancara el tren.

Me dejé caer en el asiento, veterana de tantas emociones.

Anclé la vista en el paisaje ambiguo como esperando un signo que no llega.

En la frontera, aproveché el cambio de vagones para comprar un periódico en español.

VI

No hubo petardos ni marchas militares a mi regreso. Tardé unos días en acostumbrarme a respirar sin testigos otra vez. Las clases volvieron a marcarme el ritmo de la escuela a mi cuarto a la escuela. El *worstseller* de mi vida siguió su aburrido curso. Doña Finí no reportó ninguna novedad.

A pesar del ajoro, no podía dejar de pensar en Vilma. Su imagen estilizada de madona latina martirizaba mis sueños. Por fin saqué un ratito y le escribí: una larga carta llena de interrogaciones, de consejos, de todo lo que no había tenido los ovarios de decirle. Con eso esperaba poner a dormir de un pullazo el suculento complejo de culpa que venía cebando en la cabeza desde nuestros adioses.

Pasaron cinco, seis semanas. Vilma nunca tardaba tanto en contestar. El exilio la había vuelto puntual. ¿Estaría ofendida? ¿La habría desilusionado mi exabrupto postal? ¿Habría vuelto a Bordeaux? Pero en ese caso seguramente le remitirían la correspondencia… Mandé una nota a la dirección de Bordeaux avisándole de mi otra carta y pidiendo acuse de recibo.

En octubre rebotó mi primera carta. Allí, entre las facturas, estaba el sobre maltrecho, tatuado de sellos contradictorios, burlonamente asomado por la boca del buzón. La frase *DESTINATAIRE INCONNU* trazada en rojo sobre el nombre de Vilma, me apretó el corazón como un presentimiento.

NOTA DE LA EDITORA

A principios de diciembre, 1982, la autora nos trajo este manuscrito que hoy publicamos en nuestra colección *TEXTIMONIOS*. El 31 del mismo mes, mientras despedía el año con unos amigos, murió de un tiro a la cabeza que le disparó por la ventana de su residencia un desconocido.

Nuestra editorial se une a las organizaciones que han reclamado de las autoridades una investigación cabal de este caso.

Griselda Lugo Fuentes
EDICIONES SEREMOS

AJUSTES S.A.

" Hate oppression; fear the oppressed."

V.S. Naipaul

I

El dos de diciembre de 1990, la neura de la Corregidora General rompió el neurómetro. Su furia reprimida se volcó sobre el indefenso botón del intercom. La secretaria acató solemne la orden de cancelar toda cita en agenda y preparó el cuaderno para el siguiente dictado de emergencia.

Honorable Suprema Socia Benefactora:
Su comunicación del 27 de noviembre nos ha desconcertado más de lo que nos ha afligido. Me es grato recordarle que, en siete años de operaciones ininterrumpidas bajo la dirección de esta servidora, La Agencia ha logrado el envidiable récord de 5.999 casos satisfactoriamente resueltos. De ello dan testimonio los minuciosos expedientes de nuestros archivos así como los efusivos mensajes de felicitación que incesantemente recibimos de nuestras agradecidísimas clientas.

Las estadísticas no mienten: 3.995 maridos regenerados y 1.994 debidamente corregidos y/o neutralizados. En sólo diez casos la Junta Censora se ha visto obligada a recomendar la Solución Final, porcentaje realmente insignificante si se toma en cuenta el éxito abrumador de nuestra gestión rehabilitadora.

Aquí, Suprema Socia Benefactora, toco el punto álgido de esta misiva destinada a aclarar sus dudas y erradicar para siempre la sospecha de incompetencia que pesa sobre Ajustes, S. A. y, por ende, sobre nuestra humilde persona. El caso 6.000 ha monopolizado nuestro quehacer profesional durante los últimos cuatro meses. Su complejidad, su carácter totalmente insólito nos han llevado a considerar la posibilidad de un reciclaje técnico para al menos parte de nuestro personal de ejecución. A la luz de las nuevas realidades contemporáneas reveladas por el caso 6.000, nos hemos planteado la creación de un Buró de Incógnitas para lidiar con futuros posibles ejemplos de esta categoría.

Confío en que esta iniciativa nuestra contribuya a la restauración del clima de confianza que ha enmarcado siempre nuestras relaciones con el Club de Socias Benefactoras para que podamos seguir contando con el sólido apoyo económico que, generosa y anónimamente, nos han extendido ustedes durante nuestra breve pero eficaz existencia. Adjuntamos copia fiel de aquellos documentos relativos al caso 6.000 que nos ha solicitado usted para fines de reexamen. Agradecemos el particular interés que le ha concedido a la resolución de este complicadísimo asunto y nos ponemos a su disposición para cualquier información complementaria.

En espera de su sabio veredicto, aprovecho la ocasión para enviarle el más sororal de los saludos de parte de todo nuestro equipo.

Atentamente,
Bárbara Z.
Corregidora General
Ajustes, S.A.

ANEXO A
CASO 6000
DECLARACION JURADA DE LA CLIENTA

A los quince días del mes de septiembre del año 1990, comparece ante esta Registraduría de Querellas de la Agencia, Ajustes, S.A., a las que nos referiremos en adelante como La Agencia, una fémina —casada, mayor de edad, ama de casa y vecina de la ciudad de San Juan de Puerto Rico— a quien nos referiremos en este documento como La Clienta, y bajo juramento declara:

Que no tiene la menor razón para quejarse del comportamiento de su marido, impecable hasta la fecha.

Que supone que la gran mayoría de las esposas y amas de casa del país envidiarían la excepcionalidad de su situación matrimonial, ya que cree ser la infeliz poseedora de lo que se obstina en llamar un Marido Ideal.

Que dicho Marido Ideal, al que nos referiremos de ahora en adelante como El Penable, comparte tareas domésticas, es buen proveedor, responsable, serio, dulce, atento, cortés, afectuoso, fiel y eficiente en las funciones propias de su sexo y que no puede señalársele otro defecto que no sea el de su total y absoluta perfección.

Que dicha perfección del Penable atenta contra la auto-imagen de La Clienta realzando implacablemente la imperfección de esta última, quien por razones de pura higiene mental reclama urgentemente el divorcio.

Que, al sentirse incapaz La Clienta de tan siquiera abordar el tema por hallarse desprovista de causales objetivamente suficientes para justificar tal decisión, recurre a La Agencia en la esperanza de que ésta pueda brindarle el pretexto que requiere a los efectos de iniciar, sin mayor demora, los trámites conducentes a la ruptura oficial del vínculo matrimonial.

Suscrito y jurado ante mí, el 15 de septiembre de 1990 por la Clienta, cuya identidad nos reservamos para efectos del presente documento.

Porcia M.
Notaria principal
Registraduría de Querellas
Ajustes, S.A.

ANEXO B
CASO 6000
INFORME DE LA DIVISION DE
ASESORIA Y CAPACITACION
RE: OPERACION "MATAPIOJO"

Un screening preliminar reveló que La Clienta se había comportado, durante sus diez años de matrimonio, de manera ejemplar. La conclusión resultaba obvia: la subversión sistemática de esta conducta modelo debía lógicamente conducir a una desestabilización de la pareja.

La Clienta asistió pues al taller "Técnicas de Exasperación I y II" que ofrece, libre de costo, nuestra división como un servicio a la comunidad. Aprobó con "Sobresaliente" y durante las cuatro semanas subsiguientes lanzó la "Operación Matapiojo", especialmente diseñada para ella por nuestras programadoras expertas.

La operación consistía en cuatro etapas, metódicamente escalonadas, para crear crisis en el sistema hogareño. A continuación resumimos, a través de los propios comentarios auto-evaluativos de La Clienta, el trabajo realizado en esta área:

SABOTAJE DOMESTICO

"Aprovechando un viaje de negocios de mi marido, suspendí toda actividad de limpieza casera. Dejé acumular los trastes sucios en el fregadero. La bañera se forró de costra. Las sábanas apestaban a sudor y a numoticina. Amontoné ropa sucia por todos los rincones de la casa. Desconecté la nevera para que las carnes se descongelaran y se llenara el freezer de gusanos. Regué viejas sobras de comida por toda la cocina. La estufa se convirtió en un condominio de lujo para cucarachas realengas…"

TERRORISMO FISIOLOGICO

"A su regreso, como era de esperarse, mi marido se puso los guantes plásticos y los bermudas de cuadros y en un dos por tres viró la casa al derecho otra vez. Como en guerra avisada no muere gente, ya yo había caído en cama fingiendo mareos, desmayos y otros síntomas que estaba muy lejos de sentir, quejándome de mil males y negándome rotundamente a ver un médico. El muy inocente me creyó encinta. Los excesos de su alegría fueron difíciles de soportar. Sentí un placer casi perverso al mostrarle mis pantis manchados de sangre una semana después.

Lo siguiente representó un sacrificio inmenso para mí. Soy muy puntillosa en cuestiones de aseo personal. Dejé de bañarme diariamente, a pesar del calor insoportable que hace en septiembre. No me lavaba los dientes ni aunque comiera mangos. A fuerza de no afeitarme, tenía una selva amazónica en piernas, muslos y axilas. Boté al zafacón peinillas y cepillos para no caer en la tentación de desmontar la sereta grasienta y enredada que tenía por pelo. Como mi piel es bastante seca por naturaleza, no tardó en ponérseme escamosa como la de una iguana. Nunca había estado tan maravillosamente horrenda, me daba asco a mí misma, no me explico cómo lo pudo resistir..."

OFENSIVA PSICOLOGICA

"La ternura y comprensión de mi marido casi me volvieron loca durante esta etapa del plan. No tuve que fingir los tics nerviosos aconsejados. Me salían espontáneamente temblores de ojo, fruncimientos de nariz, retorcimientos de boca. Durante aquel triste mes que duró la Operación Matapiojo, no podía contar con el apoyo moral de la Agencia puesto que habíamos acordado cortar todo contacto para evitar cualquier sospecha por parte de él.

A estas alturas, me resultaba sumamente fácil salirle con malascrianzas y bombardearlo con ironías a la menor frase amable. Manifestaba abiertamente mi aburrimiento con bostezos y gestos malhumorados cada vez que se empeñaba en ponerme conversación. Si me invitaba a alguna parte, yo rehusaba automáticamente. Y si se atrevía a preguntar el por qué, desataba contra él toda la violencia verbal de la que jamás soñé ser tan capaz. Las groserías y los gritos eran la orden del día..."

HUELGA SEXUAL

"Nunca he sido muy dada a los placeres de la carne. Mi principal zona erógena es definitivamente el cerebro. Así es que la etapa final del plan no me costó tanto como las otras. Sencillamente le negaba el más mínimo contacto físico, dándole la espalda tan pronto poníamos cabeza en almohada. Este recurso, que hubiese sido malinterpretado y explotado por cualquier otro marido puertorriqueño, me ofrecía sin embargo la mayor seguridad. Sus principios democráticos le impedían tomarme por retaguardia sin mi consentimiento.

Jamás cama king-size me pareció más pequeña. En el estado de exaltación en el que me encontraba, la regularidad de su respiración, sus movimientos más discretos, los latidos mismos de su corazón producían una percusión ensordecedora que no me permitía pegar el ojo. Al cabo de un mes, él se veía más joven, más guapo que nunca. Yo estaba al borde de la anorexia nerviosa.

RECOMENDACION DE LA DIVISION:

Urgente transferir caso 6.000 a División de Chanchullos Múltiples.

Medea H.
Oficial Capacitadora II
Asesoría y Capacitación
Ajustes, S.A.

ANEXO C
CASO 6000
DIVISION DE CHANCHULLOS MULTIPLES
RE: OPERACION "YOMBINA"

TRANSCRIPCION DEL TESTIMONIO
GRABADO DE LA AGENTA PROVOCADORA
OLGA LA CHILLA

NOTA DE LA CORREGIDORA GENERAL: La Agencia ni se solidariza *con* ni se hace responsable *de* los desmanes lingüísticos y el consecuente relajamiento del tono que caracteriza la jerga utilizada por las agentas de esta división. Tener presente que se trata de una transcripción *fiel* de un testimonio previamente *grabado.*

"Estaba gozándome unas ricas y bien merecidas vacacioncitas en Boquerón después de haberme tenido que tirar como a diez Penables corridos, a cual más hijo del gran chulo de los diez, cuando me mandaron a buscar de Chanchullos. Como yo siempre antepongo el deber al placer si no puedo combinarlos, recogí mis motetes y al ratito ya estaba documentándome oficial con las muchachas de Asesoría. La Jefa me dio 24 horas para someter un plan de trabajo. Eso no me pugilatió gran cosa porque en par de horas yo te taso a un tipo y le receto calle lo que manda el caso. Después de procesar la declaración y meterle cacumen como yo acostumbro, le di video a las fotos del Penable en cuestión. Sobre todo a la de cuerpo entero. El jevo se puede atender, eso no hay quien se lo quite. Tiene una cara chulita y unas canitas en el bigote que le hacen juego con las que se le clarean por las patillas. Es de pelo en pecho y se ve bastante duro para su edad, aunque definitivamente *no* es mi tipo.

Lo primero que se me ocurrió fue que la cosa iba a ser un quitao. Esos tipos blanquitos, bonitillos, de espejuelos a lo Clark Kent son los más fáciles de ensalchichar. Por lo general, lo que tienen es un queso añejado que lo vienen cebando desde chamacos y que casi siempre les revienta después de casados. Y de eso mismito me iba a ocupar yo. Lo único que no me encajaba con el *look* del tipo eran esas sortijas negras grandotas en los tres dedos de la mano derecha. Y digo tres porque le faltaban dos. Yo le puse seguida el sello de veterano de Vietnám. Pero como esa información no aparecía en el perfil que me suministraron, archivé el detalle.

Una de las muchachas de Sanciones Corporales me lo siguió por par de días, cosa de captarle la programación, no me fuera a mangar él a mí en la movida. El tipo era un fenómeno: de la casa al trabajo y del trabajo a la casa derechito y sin escalas. Ni bares, ni billares, ni gimnasio, ni *liquor store*, ni mámises, ni pápises, ni na. Según el récord, sólo se embarcaba una vez al año y era en viaje de negocios, oficial por el libro de entradas y salidas de la compañía. A lo mejor hacía sus desarreglos por allá por los niuyores pero lo que era aquí, no había por donde cogerlo. Así es que si se iba a procesar algo, había que metérsele en la propia oficina y fabricarle el cuerno allí mismito: a pulmón.

Una infiltrada nuestra, que era mi conexión en Fomento Económico me consiguió el breiquecito que me estaba haciendo falta. Como Jefa de Personal, rápido encontró la excusa para salir de la recepcionista que tenían y colocarme a mí en el puesto. Se me liquió bastante del presupuesto en trapos, greñas y emplastes. Asesoría me hizo coger un cursillo relámpago de refinamiento y modales de oficina. Ya para el primero de noviembre estaba yo atrincherada detrás del escritorio de la recepción, con un escote panorámico y una falda tubo rajá hasta donde el muslo dice espérate. Para completar, me espeté un cigarrillo de esos de boquilla en el pico y arranqué sin miedo, como que me dicen Olga La Chilla y no es por basilar.

A la semana de yo estar allí, todos, por mi pai, toditos y cada uno de los empleados de la oficina, incluyendo al conserje, me habían invitado a salir. Y sobre todo a entrar. Menos el único que me interesaba: el Penable de mierda. Y no es que no se hubiera fijado en mí porque eso era imposible, además de que tenía como quiera que pasarme por el lado todos los días a las ocho de la mañana cuando iba a ponchar la tarjeta. Yo me esgarraba la bemba a sonrisa limpia, daba sendos brochazos con las pestañas postizas, me inclinaba bien, cosa de que me ligara el sello de fábrica y le daba los buenosdías con una voz que era como para parárselo a un batallón de eunucos. Lo único que me faltaba era trepar el fondillo encima del escritorio para exhibir el resto de la mercancía *Made in P.R.* Modestia aparte, la naturaleza jamás fue maseta conmigo, eso lo saben los que saben y en mi trabajo no hay quien me ponga un pie alante levantando, tumbando y craqueando jevos. Pero el desgraciao huérfano de madre no daba el brazo a torcer. De un qué tal bien finudo y una sonrisita de comercial de televisión no pasaba.

Como yo de pendeja no tengo un poro, no dejaba pasar *coffee break* ni ida al *ladies* para pasearme culipandeando y tetierecta por todo el piso. Allí el hombraje no daba un tajo pendiente a aquellos patrullajes míos. Un lápiz sin punta, una engrapadora vacía, cualquier pendejá me servía de excusa para ir a tener a su escritorio. A veces esperaba más de una hora para poder bajar con él en ascensor, aprovechando el tapón humano para brillar hebilla. Pero él seguía espaceao, haciéndose el suizo, porque ya el sueco era poco decir.

Para colmo, empecé a tener problemas con la secretaria del tipo, una antigüedá ambulante que se había dado cuenta de mi "enchule" con su jefe y me ponía cara de mangó verde cada vez que me sintonizaba el canal. Un día me sometió una descarga atómica en la sala de fotocopias: que si persona seria y decente él, que si casado y feliz, que si sobrá y fresca yo y dale que es tarde. Perdí la chaveta y le solté a la cañona que a ella lo que le estaba haciendo falta era que un macho le midiera el aceite. Pa qué fue aquello: se puso violeta, gagueó, le tembló la quijada. Amenazó con repartirme par de bofetás, a lo cual yo le pregunté que con qué fóquin cuerpo y seguida se le bajó la nota, porque era tapona como ella sola. Y suerte que no me amagó porque, aunque la política de la Agencia es de nunca meterle caña a las mujeres por más jodonas que estén, aquella zona histórica tenía todos los números para la sabrosa galleta que yo estaba rifando...

Como me habían puesto fecha límite y el lío con la vieja me tenía presioná hasta las tetas, tuve que meter mano sin más miramientos. Fui directa donde el Penable y le raspé que quería verlo urgentemente a la salida. Me pasé la punta de la lengua por los labios en cámara lenta, cosa de subrayar el punto. Me dijo que sí, que cómo no, que lo esperara a las cinco en lo que terminaba y que de "verificar unas cuentas atrasadas"...

A las seis y cuarto todavía estaba yo comiéndome un cable en la recepción, esperando a que aquel tusa acabara de hacer cruces y ceros en la maldita lista que tenía delante. Me sorprendió mi capacidad de aguante. Encima de eso, la vieja empollona se requedaba y se requedaba como para ver lo que yo iba a hacer y proteger, de paso, la honra de su querido jefe. Hasta que por fin el tipo le dijo: Ya puede retirarse Doña Telma, hasta mañana. Y no le quedó más remedio que arrancar echando humo por las orejas. Yo me di el gusto de despedirla con mi miradita especial de apúntame ésa en lo que te bateo la otra.

En resumen: agoté los coqueteos y las indirectas, las guiñadas y los cruces de pata, ustedes saben que si en algo soy yo buena es en esa vaina, y el Penable como si con él no fuera. Me pude haber dado más puesto, verdá es, pero cuando me preguntó, con toda su cortesía empalagosa, que qué era lo que yo "deseaba plantearle", no pude más y me zafé. Me le tiré encima respirando fuerte y traqueteándole con la bragueta, a ver si a la hora de los mameyes respondía aunque no fuera más que para salvar el trademark, carajo. Pero antes de que pudiera como quien dice tocar palo, me empujó, metió riversa y se largó con su maletincito de ejecutivo y una expresioncita tan comemierda en la cara que si no llega a ser porque todavía tenía esperanzas de redondear el caso, allí mismo le muelo los espejuelos con un taco y le pinto aquel bigote cano de colorao.

Al otro día me "despidieron" de Fomento. El muy güevón

me había denunciado a Personal y que por "hostigamiento sexual". Jamás en mis años de Agenta Provocadora III me había tocado un espécimen como ése. ¡Al individuo simplemente no hay por donde entrarle!

En cuanto a La Clienta, en mi opinión, o la tipa es morona o es de ésas que se pelan por coger fuete pa su propio fondillo. ¿Por qué no le pasan la papa caliente a Sanciones Corporales? Allí tienen a Chabela La Masetera, que no le niega a nadie una pescosá bien soplá "…

ANEXO D
CASO 6000
DIVISION DE REHABILITACION SEXUAL
RE: OPERACION "MOTELO"

La idea de penetrar por primera vez con un extraño en un motel, a su edad y con los riesgos sociales que conlleva tal acto, no fue muy del agrado de La Clienta. Pero su desesperación ante el impasse en que se hallaba el caso, la obligó a aceptar sin remilgos el proyecto. Con la partida del presupuesto (muy reducida) que quedaba, contratamos a un gígolo profesional de gran popularidad en el milieu playero, siendo ésta la primera y esperamos que la última ocasión en que recurrimos a un elemento del sexo masculino para resolver un caso. Se le proveyó transportación y vestuario. Escogimos para la operación un establecimiento situado a poca distancia de la Carretera de Caguas, famosa por su febril actividad motelera. Asesoría había recomendado el motel "La Polvera" por tratarse de una clienta de clase media alta. La hipótesis de trabajo era que a mayor desclasamiento social, mayor la ofensa al honor marital.

El 20 de noviembre a las tres en punto de la tarde estaba el carro nuestro con Papichulin (nombre de guerra del gígolo) al volante, estacionado frente a la residencia de La Clienta. Papichulin tocó bocina estrepitosamente y subió el volumen del radio, según instrucciones previas, para que los vecinos no tuvieran más remedio que asomarse por las miamis de sus respectivas viviendas. La Clienta tardó en salir para crear expectativa. Cuando lo hizo por fin, portadora de estrechísimo y reveladorísimo mameluco de seda negro y encaramada en elegantes tacos tipo zanco, el gígolo le abrió la puerta del auto y la recibió con un beso que nuestra observadora calificó de "sacacorchos."

La escandalosa escena culminada en chillido de gomas, la pareja se encaminó a las millas hacia el susodicho motel. Una vez allí, quedaron bajo la vigilancia oficial de Chabela La Masetera, reclutada para dar protección a La Clienta en caso de que se produjeran hechos de sangre.

La Agencia había enviado varios anónimos a la oficina del Penable durante los días anteriores al golpe. La propia Chabela se ocupó de la fatídica llamada. Desde un teléfono público y deformando la voz con la ayuda del chicle que siempre masca cuando está en funciones, preguntó cortésmente por el Penable. Tomó además la precaución de fingir un grueso acento cubano y utilizó, como es propio, un alias conveniente. Tan pronto lo tuvo en línea, murmuró roncamente (cita de la propia Chabela): "Oyéme, so cabrón, tu mujer te la pega con un chulo, ahora mismo le está dando mantenimiento allá en la Carretera de Caguas y los gritos se oyen en la Granja de Don Cholito…"

Alega Chabela que, estando ella a punto de revelar la dirección exacta del motel, registró un súbito clic del receptor. Posteriormente recibimos confirmación del informe. No sólo no había surgido la acción esperada sino que, al llegar a su residencia, pasadas las siete de la noche, desgreñada, despintada y destruida como tras una sesión de prácticas sadomasoquistas, La Clienta encontró la mesa puesta con todo y candelabros de plata. El Penable ni siquiera le preguntó de dónde venía, ocupado como estaba en la cocina, dándole los últimos toques a la gourmetísima cena que había preparado para celebrar su décimo aniversario de bodas.

Nos cuesta admitir que los resultados obtenidos son inversamente proporcionales a los esfuerzos desplegados por esta división. Se ha puesto en jaque la infalibilidad de nuestras operaciones y me temo que el caso 6.000 establecerá un precedente nefasto para el glorioso historial de Ajustes, S.A.

Circe F.
Técnica Rehabilitadora IV
División de Rehabilitación Sexual
Ajustes, S.A.

II

La Suprema Socia Benefactora barajeó una vez más los documentos antes de encerrarlos en el sobre manila marcado en tinta roja con el número 6.000. Se alisó largamente el bigote salpicado de blanco y, de un ligero toquecito, se acomodó los espejuelos sobre el puente de la nariz. Calzó con elegancia experta los guantes plásticos, no sin antes depositar las tres sortijas negras sobre el escritorio.

Colocado el papel con su membrete oficial en el carrete de la máquina, sonrió con cierta ternura. Entonces, sus ocho dedos virtuosos se posaron delicadamente sobre el teclado para escribir, con sumo cuidado, en el mismo centro de la hoja:

QUEMAR EL EXPEDIENTE
SILENCIAR A LA CLIENTA.
ATRIBUIR AL PROXIMO CASO EL NUMERO 6000.

TRES AEROBICOS
PARA EL AMOR

"Ce n'est pas la personne de l'autre qui m'est nécessaire, c'est l'espace: la posibilité d'une dialectique du désir, d'une imprévision de la jouissance: que les jeux ne soient pas faits, qu'il y ait un jeu."

Roland Barthes

UNA

Una empieza a cabecear en el noticiero de las once. Pero una hace el esfuerzo y mueve el ojo hasta después de la última tanda para rendirse toda y sin remedio.

Una da vueltas en la cama, con los rolos hundidos en el cráneo y el despertador como bomba de tiempo en las orejas. Una cierra la tienda, cuenta, respira más o menos hondo. Una contrae, relaja. Una repite el mantram exorcista de tensiones para alejar los piensos angustiosos. Una revive la malacrianza del jefe, la última garata con el ex por la pensión alimenticia del nene, la carta del casero prohibiendo regar matas por la noche. Una se acuerda de las cinco canas que subvierten el negro de su pelo, de la ofensiva de la celulitis, del dolorcito en esta teta cada vez que una se luce haciendo fuerza. Y claro, adiós al sueño reparador de ojeras. Una se va a tirar la madrugada en vela. Hasta que de cansancio una se achueque y suene el timbre: sin soñar siquiera.

Una despega como puede el carapacho de la sábana. No encuentra las chancletas. Pisa ese piso frío con todo y la amenaza del catarro. Y no se pasma, como manda Abuela, pero el hollín y el polvo le percuden las plantas. Y el recuerdo del mapo no perdona.

Una lava la greca, bota la borra de ayer, prende la estufa y cierra la nevera, que el nene dejó abierta antes de irse a su weekend con Papi. Saca la mantequilla derretida. Pone el pan viejo y mongo en la tostadora, la greca en la única hornilla que funciona. Y embala para el baño a enjuagarse la boca, a sacarse el colcrín de los cachetes con algodón mojado en tónico astringente. Una tira la bata de dormir obscena de cuando se era felizmente casada en el canasto de la ropa sucia. Una vuela en pelota a la cocina mientras sube la peste a pan quemado. No hay tiempo de tostar más pan y mal que por bien no venga: cien calorías menos para el chicho. Y una regresa al baño y se lava los dientes y encarama los pies, para ahorrarse otra ducha, antes de inaugurar los tacos nuevos.

Una se abrocha el brasier, se alisa el panti. La blusa del escote criminal se le encaja en los rolos al imponérsela por la cabeza. Una se arranca el rolo responsable y descubre que el pelo no está seco. Y una se desespera y busca el *blower* que nunca está donde se guarda y, oh milagro, lo encuentra y se lo pega. Y el peinado está *punk* antes de moda. Y una ya está entripada de sudor y el mal humor se le encampana a una. Y esa línea precaria que con pulso temblón una pinta en la pata de gallo derecha se desvía. Y una se saca un coño desde el alma.

La falda tubo lila está estrujada. Pero una se la trepa, remeneando caderas y espera que las curvas se la planchen. Agarra la cartera y se está yendo cuando se acuerda del detalle clave. Y en la escalera ya, abre cartera, saca espejo, trinca labios y se viste de lila la sonrisa.

Entonces es que una se arrepiente de haber cedido el carro para quedarse con los muebles del apartamento. Porque hay que coger guagua. Y sábado no es día de semana. Y el chofer se da puesto. Y la gente habla malo en la parada. Y una sabe que es tarde, que apenas queda tiempo, que si no es en los próximos segundos, la vida se le atrasa siete días.

Llega la calabaza disfrazada de guagua. Una se agarra al tubo salvavidas. El perfume de una emboruja el ambiente. Las miradas repechan y rejienden.

Pero el timbre no toca. Lo arrancó la impaciencia de un pasajero hastiado. Y el terror a pasarse que obsesiona. Y el ritmo indiferente de la marcha… Una se va escurriendo entre la gente, bailando torpemente hasta la puerta. Y claro, de tanto estar pendiente, una va y se equivoca de parada.

Una se mata taconeando duro. Volar en falda tubo es cosa mala. Hasta la guagua le saca ventaja. Y una va reduciendo poco a poco, mareada por las rayas de la acera, sincronizando respiración y paso.

Deliberadamente lenta y fabulosa, una llega a la esquina

donde todo se juega. Los pies quieren rajarse. Las manos se congelan. El corazón se queda con el pecho. Pero una pasa, maravilla del control mental, la vista fija en algún punto lejos, indiferente como una marquesa.

Y una ve sin mirar, será por el olor o lo dulce del aire o el calorcito aquel o todas esas cosas a la vez o nada, que El está allí, parado frente al bar y que hoy también, como todos los sábados a las nueve en punto de la vida, una está a ley de ya para lanzarse en la órbita espacial de esa mirada.

DOS

Ya El había descrito hasta los graffiti que presenciaron la histórica mamada, ejecutada con maestría por aquellos labios formados en la tradición de *Deep Throat*. Allí, espatarrado en la bacineta como un rey africano según Tarzán, aguantando con un solo pie la puerta mientras afuera sabe Dios cuántas vejigas ansiosas esperaban la hora de su liberación, se había dado la venida del siglo, sólo superada en su febril intensidad por el placer perdurable de contarla.

Ella procedió, acto seguido, a rememorar la fugitiva puñeta con la cual un lunes, en la primera fila de un cine de Santurce, había premiado la paciencia de su primo, absorto en la contemplación del triple X *Coitus Uninterrupted*.

A lo que El tuvo que responder con el fiel y minucioso recuento del cuadro que montó con la hija y la mujer de su jefe en el *family room* de su propio hogar mientras, borracho y campechano, el susodicho daba vivas frente al televisor a un Mano de Piedra Durán empeñado en la derrota.

Relato que fue inmediatamente sucedido por el no menos pintoresco de los hechos ocurridos en la cocina de Ella la mañana en que, por no despreciar al esposo de su mejor amiga, le entrego su feliz ano nuevo. Teniendo que recurrir, dadas las desmedidas del beneficiario, al pote de manteca Crisco en lo que defendía con la mano libre las precarias habichuelas de su marido.

Todo lo cual suscitó en El la nostálgica evocación de sus inicios como bugarrón profesional en la playa del Condado, a los mágicos acordes de una orquesta del ayer, a la sombra de uno de nuestros más lujosos hoteles y sobre el rosado lomo de un gringo al pincho.

No tardó Ella en rescatar la memoria, ya borrosa, de las sesiones de lesbianismo experimental que con tanta ternura le ofreciera gratis su ex-cuñada el día después de su divorcio por consentimiento mutuo.

Entonces El se acordó de su perro German Shepherd y Ella de su caballo bayo y El de sus papayas blandas y Ella de sus plátanos verdes y El de sus polvos telepáticos y Ella de sus orgías metafísicas. Y hubo un silencio súbito en espontáneo tributo a todo lo que faltaba por contar.

Entonces El se le queda mirando a Ella. Y se sonríe de lo más aquel. Y dice, con una voz que quiere pero no puede ser ajena:

—Ay nena, menos mal que tú y yo nunca nos casamos...

TRES

Todo el mundo está divorciado o en proceso de. Menos nosotros. Diez años: un récord de estabilidad matrimonial. Y no es que uno esté en contra del divorcio. Cuando la cosa no funciona, más vale cortar por lo sano y salvar lo que haya que salvar.

Pero es que —me da casi vergüenza confesarlo— somos como...*felices*. En serio, de verdad.Perfectamente compatibles, yo diría, algo bastante excepcional. Los mismos gustos, las mismas aversiones, el mismo modo de ver y de reír. ¿Que no tenemos hijos? Porque no hemos querido. Estamos ocupados tratando de existir.

Alguna gente sufre con nuestra resistencia. Preguntan ¿todavía? a ver si nos archivan en el ya. Hay apuestas, encuestas, estimados: les doy una semana, ¿cuántas van?

Nosotros nos reímos. Pero no es una broma. Uno podría llegar a sentirse anormal. ¿Seremos insensibles o simples aburridos? ¿Será falta de luces o de profundidad? ¿Y si la felicidad fuera cosa de tontos? Pero ni los complejos nos quitan la paz.

Para evitar tensiones que a nadie le hacen falta, nunca vamos a fiestas. No tenemos tragedias ni traumas que contar. Y cuando nos cruzamos con algún divorciado, saludamos de lejos. Y dejamos pasar.

Nos damos un santiguo y seguimos andando. Con el mismo pasito y con el mismo pie. Contra viento y marea, truene o relampaguee, tal para cuál más uno, casaditos los tres.

CASO OMISO

"One's generation nightmare is the next generation's sociology."

Stephen King

I

Ahora que me acuerdo, aquel fue un veranito bien cabrón. Rebajé más de diez libras —yo que era flaco— y estaba que parecía un sobreviviente de un campo de concentración. En casa ya estaban convencidos de que andaba metido en política o en drogas. Si llegan a saber lo que había, me hubieran comprado antes de tiempo el pasaje de ida para Georgetown.

Todo empezó la noche que por fin entré al apartamento de Dalia. Lo mío era un enchule de película: acabadito de graduar de escuela superior, sin haberla librado todavía, aparte de unos cuantos matesitos bobos con dos o tres nenas en el carro de Vitín, y presentárseme aquel tronco de mujer de treinta años así porque sí, como si me la hubieran puesto los Reyes sin yo portarme bien... Y después, con los enfermitos del Vitín y el Pucho pullándome para que acabara de tirarme de una vez y, claro, les diera a ellos la exclusiva...

Bueno, la cosa es que esa noche yo estaba decidido a empujar mi ficha. Todo estaba a favor mío: la hora, la lucecita violeta, el disco de Wilkins, el jugo de parcha bautizado con Vodka, olvídense... Yo no soy ningún galán, lo reconozco, pero algo me decía que no le disgustaba. A pesar de su jodida manía de llamarme "nene" y "mijo" para machacar la fóquin diferencia de edad y rebajar lo mío a un complejillo de Edipo cualquiera. Porque las miradas eran LP y los silencios eléctricos, sin hablar del rico calentón del "body language", que no miente...

Me había cansado de darle cabulla a ver si me ahorraba el ridículo de una declaración formal. Ya había gastado el cassette de la perfecta sincronización biológica entre el adolescente y la mujer madura, con lujo de estadísticas y términos científicos. Pero Dalia seguía haciéndose la loca. Una mujer hecha y derecha tenía que saber agarrar el toro por los cuernos mucho mejor que un novato como yo. Así es que, obviamente, era que no iba a dar el primer paso aunque estuviera tan loquita por meter mano como su seguro servidor. Supongo que no quería ser responsable de mi perversión, abusar de mi inocencia y tierna edad o alguna pendejada por el estilo. O a lo mejor tenía miedo de que me fuera a querer casar con ella, cosa que en los delirios de mi embolle yo había llegado a fantasear…

Ya me había tirado par de indirectas directas para que no me esmandara, como aquello de "tengo que poner esta cabeza en orden" o "no quiero enredarme por ahora con ningún hombre, por mejor que sea"… Pero, como quiera, seguía prestándome libritos de poesía y llevándome a Cinearte a ver esas películas brasileñas de Sonia Braga que ponen a uno como cuerda de violín. Vitín y Pucho me decían que yo era el Pendejo Nacional, que hace rato que ellos le hubieran dado el tumbe, sin cráneo, y que si no lo hacía antes de que me empezaran las clases en la universidad, uno de los dos me iba a confiscar el turno y a lo mejor hasta los dos a la vez. Eso me encojonaba más conmigo mismo que con ellos. Soy, aunque no lo parezca, un chamaco bastante civilizado. Me saca de tiempo tener que bajar con las baboserías del tipo que quiere cama. ¿Por qué carajo no podía apechar ella? Si yo no me iba a dar puesto… ¿Para qué están la liberación femenina y todas esas madres?

Pero aquella noche era La Noche. Manguen bien la situación: ella se había recostado bocabajo en el sofá, con la cabeza en un cojín y los ojos cerrados y una actitud de si-algo-pasó-yo-no-estaba-aquí… Acababa de decirme, además, que le había cambiado la cerradura a la puerta para que al ex-marido no le fuera a volver a dar con metérsele en el apartamento a media noche. Yo me había espatarrado en el suelo con la camisa medio desabotonada, en una pose moderadamente viril, y me estaba acercando pulgada a pulgada al sofá con la idea de ofrecer barato mis servicios de masajista aficionado. Había que bregar con la emergencia puesta porque las losetas estaban enceraditas y resbalaban más de la cuenta. El pana Wilkins estaba cooperando buenagente con *El sucesor,* base ideológica de mi movida. El mahón de mi divorciada favorita se veía super-suculento en la luz violeta. Me empiné el resto del vodka-parcha que estaba sobre la mesita de cristal y medí a ojo la distancia que me separaba del sofá. Cogí impulso para el empujoncito final y —¡fuáquiti!— increíble pero cierto: en ese momento crítico, me falla Energía Eléctrica.

Como iba a mitad de camino, no me quedó más remedio que frizarme donde mismo estaba y salir con uno de esos comentarios pendejos que a uno le sobran en estos casos, algo así como: adiós, se fue la luz… Dalia me dijo que a cada rato había cortes de corriente en el edificio porque los empleados del mantenimiento tenían y que una huelga de brazos caídos —tremendo sinónimo para vagancia crónica— pero que por lo general no duraba mucho. Si no dura mucho hay que aprovechar, me dije yo, sacándole pechuga a la mala pata. Y seguí ganando terreno en la oscuridad. Ahora voy y me le siento al lado, le echo el tentáculo como quien no quiere la cosa y le digo su secretito, pensé, en honor a Vitín, que siempre aconseja el doble asalto al cuello y a la oreja. Pero venía arrastrándome bien suavecito, casi sin hacer ruido, y cuando por fin logré zamparme en el sofá, con todas mis 130 libras de hueso y fibra a cuestas, ella saltó como popcorn.

—Perdona, le dije con un gallo incontrolable. Y en el desespero, tiré el gancho a ciegas y le agarré una mano. Y menos mal que no fallé, porque podría haber dado en un blanco más estratégico antes de tiempo y ahí sí que me poncho pal carajo per sécula seculórum.

Empecé a trabajarle la mano, como dice Vitín, acariciándole cada dedo por separado, luego la palma, que la tenía mojadita de sudor, y especialmente la carnecita esa que queda entre el pulgar y el índice. Como panadero de manos yo tenía bastantes horas de vuelo. Ella no decía ni ji. Así es que me envalentoné y seguí escalonando la lucha. Y ya estaba llegando al codo, donde pensaba darle un apretoncito clave y por ahí mismo jalarla para acá y espetarle a la soltá el beso que le tenía en nevera hacía como tres semanas cuando —malrayo parta— sonaron los fóquin golpes.

De primera intención creí que era el ex-marido y pensé: me jodí. Los cuentos que me había hecho ella eran como pararle los pelos a un lampiño. Me vi a mí mismo en el Centro Médico y a ella refugiada en Casa Julia de Burgos. Pero seguida se oyeron unos gritos de mujer y una voz de hombre, violentona, mandando a callar a lo machomán y me di cuenta de que el salpafuera era en el apartamento del lado.

Después se oyeron otros golpes pero sin gritos. Ea diablo, ¿y esa lucha libre?, dije yo, tratando de quedar bien después del último pasme. Dalia se levantó y fue a tener al balcón. Novelero al fin, me levanté también y, claro, tropezando con cuanto mueble pude, la seguí. Ya no se oían ni los coquíes. Pero ella se quedó pendiente y me tapaba la boca cada vez que yo amenazaba con abrirla. Mal momento para seguir tratando de adelantar aquella causa perdida...

Entonces volvió la luz y se oyó otro golpe que fue el bisabuelo de los golpes, algo bien cañón. Y embolla Wilkins otra vez con aquello de que "el primero no es el que llega a la piel sino el que llega al corazón", seguro que para consolarme. Y empieza Dalia a dar vueltas por la sala y a soltar aydiosmíos y ayvírgenes y a coger el teléfono y a tirarlo y a caminar hasta la puerta y a virar para atrás... Esta se debe estar acordando de sus pugilatos con el ex, pensé, y no me atreví a meter cuchara.

Se fue para la cocina y se puso a traquetear en el fregadero. Yo entendí que me estaba pichando la directa para que echara y la dejara sola, así es que fui a despedirme con el rabo entre las patas. Y me la encuentro atacada a lágrima limpia, con el eye-liner corriéndole por la cara y esa nariz como una langosta. Me dio pena y ahí mismo la agarré y la abracé bien fuerte, pero sin malas intenciones, lo juro, porque el revolú me había enfriado el motor y estaba más friquiao que otra cosa. Le fui a buscar agua para el hipo y traté par de veces de hacerla reír con unos chistes que lo que daban era asco de lo mongos.

Como no quiso darme explicación, no insistí. Ni esperé a que me botara con su tú-tienes-vacaciones-pero-yo-trabajo y me fui a pie para no molestarla. A esa hora, esperar guagua era creer en milagros, así es que acabé de gastarle las suelas a mis tennis del siglo diecinueve jalando pata hasta casa. Entre el down, el cansancio y esta cara de psicópata homicida que me dio la naturaleza, iba que metía miedo. Será por eso que a nadie se le ocurrió la gracia de asaltarme.

II

No volví a verla en una semana entera. En cuestiones de amor hay que saber medir las dosis, eso ya lo tenía yo claro a los dieciséis. Además, había como el fílin de que lo mío con ella estaba condenado al aguaje eterno.

Me sembré frente al video a chequiar películas de Brian De Palma para no pecar con el pensamiento. Mi hermana Tere tenía instrucciones de decirles a Vitín y a Pucho, si me venían a buscar o me llamaban por teléfono, algo así como que yo andaba por Nicaragua defendiendo la Democracia.

Los viejos estaban encantados de tenerme otra vez en la jaula. A ellos no les basilaba demasiado que su nene, roquerito estofón de San Ignacio, se la pasara parriba y pabajo con unos cócolos de la Gabriela Mistral. Mami llegó a los extremos de ponerse con un flan de coco, lo que hacía siglos luz. Y Papi me hizo la increíble concesión de sentarse a ver *Blow-out* conmigo, aunque se la pasó criticando a John Travolta la mitad del tiempo y diciendo que era una loca tapá. Pero yo, tranquilo. Pasaba del family room a mi cuarto como un fantasma bien entrenado y escribía poemas eróticos en libretas Composition que escondía debajo del mátres con la rica paca de *Playboy* y *Penthouse* que alegran las noches de todo chamaco decente.

Después de esa semanita de retiro espiritual en la que recuperé par de libritas y el buen humor, las ganas de volver a ver a

Dalia eran a nivel de fiebre. Decidí encontrármela "por casualidad" en el Parque Central, cosa de no sobrarme demasiado. Allí
iba ella todas las tardes a quemar calorías después del silletazo
de ocho horas de oficina. Y allí, de hecho, fue que la vi por vez
primera, como dicen los boleros, la tarde que me fui con Vitín y
Pucho a yoguear en la pista y a tasar las tipas. Digo, a tasar las
tipas iban ellos, los muy cafres, porque yo no opero de esa manera. Pero a fuerza de tener que chuparme el agite ajeno, empecé a fijarme yo también, qué cará… Esas cosas se pegan, como
diría la Vieja. Así fue como la Dalia me capturó. Y tremenda
captura, porque cuidao que aquello allí está siempre tepe a tepe
de nenas chulas… Pero la grilla ésta tenía como un aquel en los
ojos, qué sé yo, como una gracia en el andar y una fuerza en la
sonrisa que uno la miraba y la miraba y la miraba y no podía dejarla de mirar…

Bueno, la cosa es que ese día de mi come-back sentimental,
le nacionalicé la bicicleta a Tere y me largué. Si después de tanto pedaleo no llega a estar, me tiro al caño de Martín Peña, pensaba mientras le sacaba el cuerpo al montón de locos que iban
volando bajo por esa autopista. Pero gracias a Dios que sí estaba. Y más buenota que nunca, con esos pantalones de yogueo
que ponen a la imaginación en ridículo. Nos saludamos de lejos
y noté con cierta satisfacción que ella fue la que primero levantó
la mano. Cuando terminó la calistenia y empezó la gente a des-
bandarse, me le acerqué para invitarla a un jugo en la cafetería
del parque con los dos o tres billes que le había tumbado al Viejo en un momento de debilidad. Me dijo que tenía algo muy importante que discutir conmigo pero que allí no, que sí demasiado rocheo y demasiada gente. Se me pusieron las manos frías,
yo soy así, sentimentalito para mis cosas, y pensé: Listo, ahora
me lleva pal apartamento y me desquito la del domingo…

Montamos con bastante trabajo la bicicleta en el baúl del Toyota. Yo me eché para atrás en el asiento, muy creído de que
íbamos para Hato Rey a poner pubis a la obra. Cuando de momento veo que ella vira hacia San Juan y sigue en dirección al
muelle, por allí por donde se coge la Lancha de Cataño. Aun-

que mis planes eran otros, admito que el sitio no estaba mal para empezar. Hasta le vi su lado romanticón, con los banquitos y los faroles y los barcos, muy apropiado, después de todo, para una declaración de emergencia.

Y fue algo así como una declaración. Pero no exactamente la que yo esperaba. Lo que me contó era tan loco que, de primera intención, creí que me estaba corriendo la máquina. Se le había metido en la cabeza que su vecino, el de la noche de los gritos y los golpes, le había limpiado el pico a la mujer.

—¿Y tú cómo lo sabes?, corté yo un poco bruscamente para disimular el subibaja que traía en las tripas porque, a todo esto, me había tenido que largar de casa sin echarme ni un sangüichito al cuerpo.

—Pues porque Doña Lucrecia (guféense el nombre) no ha salido a regar matas en toda la semana, me dijo como si la cosa fuera tan obvia.

—A lo mejor está enferma, dije yo, por aquello de buscarle la lógica al asunto.

—Oh, no, contestó ella con la sonrisita que se saca cada vez que cree que se la está comiendo cruda, porque el miércoles cuando fui a preguntar por ella, el propio Don Danilo (y dale con los nombrecitos) me dijo que ella estaba pasándose unos días en casa de la hermana.

—Pues ahí está, dije yo por decir algo.

—Oh no, volvió ella con la misma sonrisita jodoncita, porque hay un pequeño detalle, mijito: Doña Lucrecia es hija única.

Entonces me explicó que para averiguarlo, había llamado por teléfono a todos los Santoni (apellido de soltera de la doña) de la guía. Y encima de eso, que los había entrevistado uno por uno con la excusa barata de una encuesta sobre la población de origen corso en Puerto Rico, qué pantaletas…

—Así es que ni hermana ni hermano, ¿okei? Tremendo paquete me quiso meter…

Yo estaba con el pico abierto de asombro y admiración ante el atrevimiento de Dalia. Pero no quería dar el brazo a torcer. Además, me parecía que estaba exagerando la nota y, sobre todo, saltando a conclusiones. Ella seguía dando detalles, tratando de convencerme: que sin Don Danilo había tardado muchísimo en contestar, que si había abierto la puerta un chispitito nada más como cuando vienen los aleluyas a vender *Atalaya* y *Despertad*, que eso le había estado rarísimo porque el tal Don Danilo era siempre de lo más floretero con ella… Estaba trinco, dijo, trinco y jincho y la voz le temblaba. Para Dalia eso era más que evidencia circunstancial. Era causa probable.

Ya yo me estaba preparando para bajarle con un sermonazo sobre la presunción de inocencia en el sistema democrático, tema del informe que había dado el semestre pasado en Historia de Estados Unidos y que, modestia aparte, me había quedado nítido, cuando me soltó el masetazo definitivo: el domingo por la noche, o sea la misma "noche de los hechos", la cantidad de ruidos raros que se oían en el apartamento de Don Danilo y Doña Lucrecia no la habían dejado pegar el ojo. Era, decía, como si estuvieran raspando el piso con una espátula y cambiando los muebles de sitio. Y sabrás, mijo, que el Don Danilo no es hombre de ayudar en la limpieza de la casa… y menos a esas horas del amanezca…

La cosa sonaba bastante fuertecita. Aunque bastante creíble, si vamos a ver, comparado con lo que se lee todos los días en el periódico. Pero si era cierto, ¿qué carajo se podía hacer? ¿Valía la pena meterse en ese lío por hacer cumplir la ley y el orden? Y aparte de todo, ¿qué ley y cuál orden? Le recomendé que se hiciera de la vista larga, se buscara otro apartamento y le pusiera pichón al asunto.

—Claro, como el criminal no es vecino tuyo, a tí plin…

Y yo callado.

—Sabrá Dios si carreteó el cadáver hasta el lago Carraízo en una bolsa plástica…

Y yo callado.

—En tu vida de nene blanquito, esas cosas no existen, ¿verdá?

Y yo callado.

La mirada que me dio después de este discurso-para-cucarmela-culpabilidad me acabó de sentenciar.

—¿Y Doña Lucrecia? ¿Es un cero a la izquierda?, repetía para rematarme.

Me parecía estar oyendo a los curas de la escuela cuando nos machacaban que no hacer nada era igual que declararse cómplice. O sea, que no sólo por pensamiento, palabra y obra se podía freír uno sino también por omisión. No sé por qué razón oscura de mi vida prenatal este tipo de argumento siempre me trabaja. Pero confieso, en honor a la verdad, que también se me vino a la mente la enternecedora escena siguiente: ella rogándome que me quedara a dormir en su apartamento para protegerla del sanguinario Don Danilo y yo consolándola mientras la empujaba dulcemente hacia el matadero de su muy tentadora cama de agua...

III

Esa noche me rompí la cabeza hasta las tantas craneando un plan de acción. Dalia estaba decidida a entrar en el apartamento de Don Danilo a como diera lugar. Y no había Dios que la convenciera de lo contrario. Pero como el hombre, que era maestro retirado de artes plásticas, se daba el palo como si fuera jugo de china y no salía casi, la cosa se veía difícil. Aparte de noquearlo con un té de tallos de lechuga sazonado con píldoras soporíferas, no se me ocurría nada genial.

Mientras yo me quemaba el cerebro buscando una salida, o mejor dicho, una entrada, Dalia ya lo tenía todo fríamente calculado. Me llamó desde el trabajo al día siguiente para decirme que el viejo salía todas las tardes, como a las seis, a comprar cigarrillos y whisky en el Liquor Store de la Central. Hay como veinte minutos para entrar y salir, me anunció entusiasmada. La movida era que yo pudiera estar presente para vigilar en lo que ella bregaba.

A las cinco y media en punto estaba yo esperándola frente a los ascensores del condominio. Dalia tardaba en llegar, seguramente estaría metida en el taponazo de la Muñoz Rivera, y yo estaba empezando a encojonarme moderadamente. Para matar el tiempo, llamé a Pucho desde el teléfono público.

Me saludó con un "Vaya viejakiller" que me hizo arrepentirme de haber llamado. Pero como ya estaba vacunado, se la dejé pasar. El muy bellacón estaba obsesionado con el issue de mi virginidad. Por un momento me vi tentado a contarle lo del "crimen" pero el miedo al ridículo pudo más que las ganas. Procedió a castigarme con la novena edición aumentada y mejorada de la primera vez que metió mano con una gringa en el Hotel Palace. Ya casi a punto de colgarle, me entró como un ffflin bien raro, algo así como un cabrón presentimiento de que me estaba metiendo en agua honda. Me dieron ganas de abrazar al sucio de Pucho y como que se me aguaron los ojos cuando dijo: okei, mano, nos estamos viendo que voy para la pizzería, cualquier cosa ya usté sabe… Bajo las circunstancias, ese "cualquier cosa" tenía como un doble sentido que acabó de dañarme la cabeza.

En eso, por suerte, llegó ella. Con un look bien de oficina: medias náilon, traje tubo, tacos, cartera combinada, nada que ver con la naturista sex-symbol del Parque Central. Me quedé pasmado mirándola de lejos. De momento, se abrió el ascensor y salió un señor mayor, de espejuelos, medio calvo, alto y bastante panzoncito él, que saludó a Dalia. Ella, que no sabe disimular, se puso nerviosa y hasta se le cayeron las llaves. No había que ser Hercule Poirot para darse cuenta de quién era el tipo. Se bajó a recogérselas, de lo más caballeroso, y movieron los labios como en película muda. Pero yo no entendí un divino. Por fin, Dalia echó y el muy cafre se quedó tasándola por detrás hasta que ella se montó en el ascensor. La dejé subir sola, por siaca, y me monté en el otro.

Llegué cuando ella estaba abriendo la puerta del apartamento.

76

Me le acerqué bien suavecito y la abracé por la cintura. El grito que pegó me bajó el up que estaba desarrollando en el pantalón. En seguida me agarró por un brazo y me jaló hasta el balcón.

—Don Danilo no está, dijo con los ojos brillositos. ¿Cómo hacemos? ¿Yo entro y tú velas?

La pregunta puso en crisis mi honor de tipo y no me quedó más remedio que proponer lo contrario. Quedamos en que ella iba a esperar abajo para avisarme con tres toques de intercom si el viejo venía.

Fue fácil pasar de un balcón a otro porque los constructores del edificio —seguramente para ahorrarse par de millones— los habían separado con un tabique bajo. Por desgracia o por suerte, según como se mire, la puerta de cristal estaba cerrada. Mis doce años de educación católica me cayeron sólidamente encima. Pero como ya estaba allí, ligué para adentro lo mejor que pude. No vi nada para quitarle el sueño a uno. Ningún cadáver putrefacto, por ejemplo. Ni siquiera la posible arma homicida, llenita de huellas digitales y esperando ser descubierta por este Phillip Marlowe Junior. Sólo muebles estilo criollo antiguo de madera y pajilla, un tremendo piano de cola, carteles tipo Instituto de Cultura, muchos libros en las tablillas y una selva de matas de interior alrededor de una estatua blanca recostada como una emperatriz romana (pero sin uvas, ja, ja) sobre un pedestal de madera. El componente ultramoderno y el televisor desentonaban con el resto de aquella sala middle-class boricua de exvanguardia. Don Danilo y Doña Lucrecia eran obviamente personas cultas del tipo que va a Bellas Artes y ve Mirador Puertorriqueño.

Ese vistazo a la intimidad de la pareja me convenció de la ridiculez de nuestras sospechas. Cambiando los muebles antiguos por butacas de ratán, ésa hubiera podido ser (si no fuera por el reguero punk de Tere y mío) la sala de mi propia casa. Me quedé un rato largo retratando la escena con los ojos, cosa de acumular par de puntos con Dalia. Me impresionaron el orden y la limpieza. Sólo una botella vacía y un vaso lleno hasta la mitad de un líquido amarillo que podría haber sido whisky, entre otras posibilidades más exóticas, daban la notita necesaria de descuido. Por poco se me brotan los ojos forzando la vista para leer algunos de los títulos que quedaban más cerca de la puerta. Reconocí el tomo gordote de los cuentos de Poe en traducción de Cortázar, el mismo que tenían los Viejos en su cuarto.

Y ahí mismo fue que me quise cagar. Porque la chicharra sonó tres veces: The Return of Don Danilo. Me persigné mentalmente como en el colegio antes de un examen cabro y, con la adrenalina en high, me tiré un tronco de salto olímpico que por poco me deja chumbo. Casi no tuve tiempo de adoptar una pose más digna antes de que llegara Dalia.

Mi heroísmo me valió un abrazo que no me pude gozar y un "ay nene, por poquito te agarra, lo vine a ver cuando ya estaba en el ascensor" que me puso el intestino a millón. Le di los detalles de la investigación y la conclusión obligada: que sus vecinos no eran material para primera plana del *Vocero*. Ni contestó. Con una sonrisita sarcástica, me pidió el playback exacto de lo que había visto por el cristal. En el mismo medio del inventario, me paró en seco para caerme a preguntas como un fiscal:

—La estatua esa, ¿era de bronce o de yeso?

—De bronce no, porque 'era blanca…

—¿Hombre o mujer?

—Bueno, tenía…

—Tetas. ¿De qué tamaño?

—¿Las tetas?

—La estatua, bobo.

—Como tú, más o menos…

—¿De pie o yacente?

—Ecuestre.

—Graciosísimo.

—Recostadita ella, lo más sexy.

—¿Vestida o desnuda?

—Desnuda.

—¿Flaca o gruesa?

—Buenota.

—¿Joven o vieja?

—De lejos no se le veían las patas de gallo.

Dalia se quedó pensando un rato y mirándome fijamente con un airecito de Kate Fansler sin cigarrillo que me fascinó. Yo aguanté lo más que pude pero al final me rendí. Nene, me dijo bien bajito y medio roncona, esa estatua puede ser la clave, no me preguntes por qué pero ahí hay gato encerrado y, si no me equivoco, es gata. Me quedé tieso. La idea macabra que se nos estaba paseando a los dos por la cabeza empezó a desenrollarse como una culebra artrítica. ¿Serían esos los ruidos que había oído Dalia el domingo por la madrugada? ¿La había matado a golpes primero o la había estrangulado antes de embalsamarla como a una momia cualquiera? ¿O la había empañetado viva como en los cuentos de Poe que tenía en la sala de su casa? Me lo podía imaginar comprando el saco de yeso, ligándolo con agua, poniendo periódicos en el piso para no manchar, cubriendo el cuerpo cuidadosamente con la mezcla, puliendo la estatua, dándole la forma del cadáver con la espátula, roceándola con un esprei especial para darle el toquecito antiguo…

La bruja de Dalia me leía el pensamiento. ¿Te fijas como todo concuerda?, me decía, perversa. Traté de rescatar los restos de racionalidad que quedaban para confrontarla: ¿Pero tú te crees que él la tendría así, en la misma sala, expuesta a que alguien de la familia la vea y se le ocurra…? Primero, me cortó ella, que ahí no entra nadie porque esa gente nunca recibe visitas y segundo, que eso probablemente era lo que quería él, convertirla en estatua, en parte de la decoración… Y por ahí bajó con una explicación enredadísima sobre la "cosificación" de la mujer a través del arte que me recordó los rollos del Viejo y la Vieja cuando les da con atribuirle el éxito del electroboogie a la mecanización del ser humano en las sociedades industrializadas.

Sentía la cabeza como cuando uno tiene catarro y se toma una Contac. Dalia se veía medio malita también. Para colmo, pensé en lo lejos que estaba de llegar a meter mano con ella y eso me deprimió más todavía. ¿Por qué no me había enredado con Maritza, la prima de Pucho, que tenía un enfoque salvaje conmigo y fama de aflojar fácil? ¿Por qué seguía empeñado en celebrar mi première mundial con esta tipa rara, llena de pugilatos y guilles de detectiva? Si faltaba algo para joderme el vivir, ese algo no se hizo esperar. Alguien estaba tocando a la puerta.

Imagínense la conversación siguiente a cuchicheo limpio y con los debidos aspavientos:

—No abras por siaca...

—¿Y si es algo importante?

—Mira por el roto.

—Se dan cuenta.

Los toques siguen. Y una voz grave grita: ¡Dalín, abre, que yo sé que estás ahí!

—Ay Dios mío, es José Manuel.

—¿Quién?

—Mi ex.

—¿Y le vas a abrir?

—¡Pero es que vio el carro abajo!

—Si abres, me voy.

—Si te vas, no me hables más.

Y el ex a todo pulmón: ¡Si no abres, te tumbo la puerta!

Dalia me mira, mojonea, se aguanta y por fin, abre. Y dice, con un ñeñeñé que no sonaba un carajo a ella:

—Ay, perdona, es que no te habíamos oído...

El tal José Manuel es un tipo alto, de bigote, bien parecido según los gustos. Viste guayabera tipo joven-ejecutivo-Popular y trae un maletín. Entra, me ve y le echa una mirada burlona a Dalia. Si molesto, me avisan, dice. El que molesta soy yo, le tira este servidor. Y con la misma, salí por esa puerta para afuera en mi mejor despegue de galán indiferente. Con la rabia que tenía por dentro, por poco me llevo por el medio par de matas secas de Doña Lucrecia.

Cuando llegué a casa, neurótico grave y con mi virilidad en tela de juicio, Tere estaba en la sala. Su entrega total a Michael Jackson le impidió interrogarme bajo foco. Los Viejos, como siempre: encerrados en el cuarto con el aire acondicionado a punto de piragua, leyendo el *San Juan Star* y echándole la culpa de todo lo malo a los independentistas, los drogadictos y los cubanos.

Me acuerdo que esa noche me alegré de estar a ley de dos semanas para largarme.

IV

Me encontré con los muchachos frente a la pizzería. Como acababa de cobrar mi limosna mensual y estaba en las de botarla, los invité a almorzar. La pizza y la cerveza me hicieron desembuchar. Primero les conté lo del ex-marido. Pucho meneaba la cabeza y Vitín decía: A ése lo que hay que hacerle es meterle una rica salsa en un callejón oscuro... Traté de mantenerme cool para bajarles la nota, no fueran a ponerse con una de esas loqueras de ellos. Pero no fue fácil.

Como siguieron jodiendo el parto y por no pasar por un buen cabrón, que era seguramente lo que estaban pensando ellos que yo era, tuve que contarles lo otro. Para sorpresa mía, lo oyeron todo sin basilones y estuvieron de acuerdo con la versión de Dalia. El viejo la empañetó, dijo Vitín como quien dice amén, y cuidao si no le da con empañetarlos a ustedes dos también, por presentaos... Pucho, que es loco con esas películas de horror bien pus y sangre a lo *Texas Chainsaw Massacre*, salió con el cuento que había leído en *El Vocero* de un tipo que le había echado una capa de cemento a la mujer en el propio family room de la casa.

En esos temas tan edificantes estábamos mientras nos pasábamos la pizza y la cerveza cuando (esto tampoco me lo van a creer pero qué carajo) alzo yo la cabeza y miro por el cristal pafuera por pura casualidad de la vida y... ¿a quién veo? Nada más y nada menos que a Don Danilo The Ripper, gente, parado en la luz de la esquina en un Mitsubishi negro y con tremenda jevita al lado.

—¡Ahí está!, dije, atragantándome el canto de pizza que tenía en la boca y señalando como un loco.

Vitín y Pucho brincaron a averiguar seguida. Puse los chavos en la mesa, con una propina involuntaria que me dejó en la prángana, y corrimos a montarnos en el Chevrolet estartalao de Vitín justo cuando cambiaba la luz y el viejo cogía camino a la autopista.

—¡Ahora es que vamos!, gritaba Vitín, metiendo paleta hasta el ñame en lo que Pucho y yo nos resignábamos a estirar la pata antes de haber votado por primera vez. Don Danilo y su acompañante, que resultó ser una muchacha joven, trigueña y bastante pintorretiada, siguieron de rolo hasta Santurce y por toda la Ponce de León hasta la parada quince, sede por excelencia de Dominicanía y capital antigua del pecado. Viraron por la calle Serra y por poco los perdemos. Pero el ojo clínico de Pucho los mangó metiéndose por un callejón en lo que parecía y era, efectivamente, un hotel de mala muerte.

—Eje, conque el viejo todavía da candela, dijo Vitín y se paró un poco más alantito para chequiar la jugada de Don Danilo.

Primero esperamos con el motor prendido, pensando que se trataba de un cuiquisito matarile. Vitín puso el radio y pegó a darle con la peinilla al volante para seguirle el ritmo a la salsa de Marvin Santiago que estaban tocando. Ya yo estaba de mal humor y cuando vi que pasaban la media hora y después la hora sin que se decidieran a salir, dije: Vámonos, que esto parece que va pa largo…

—Así que el viejo tiene su chillita, ah…

—Por eso fue que se limpió a la vieja, güevón.

Yo iba calladito pensando que no hay mal que por bien no venga y que este notición me iba a dar la excusa tan deseada para llamar a Dalia sin perder cara. Frente a casa y antes de bajarme, quemé con los panas y les dije que se quedaran stand-by, que a lo mejor los iba a necesitar. Arrancaron chillando gomas.

No había nadie en casa. Llamé a la oficina de Dalia pero me dijeron que no había ido a trabajar. Eso me pugilatió bastante. Me puso a imaginar todas las cosas malas que le podían haber pasado, como que el ex le había dado tremenda pela y habían tenido que correr con ella para el hospital. Llamé a la casa. El timbre sonó como diez veces y ya casi cuando iba a colgar, oí su "dígame" de recepcionista aborrecida.

Pendejo como siempre, salí con un morón: Adiós, ¿no fuiste a trabajar? Y ella, medio sosita: Estaba muy cansada. Y yo, cada vez más pendejo: Aaaaaah. Entonces pensé: que se joda, me las voy a jugar frías. Y le anuncié que le tenía tremendo chismón sobre su vecino predilecto. Inmediatamente se embolló, empezó a preguntar, me rogó que le diera el preview, pero yo, castigador: no, no, por teléfono no, hasta que me dio luz verde para ir allá cuando quisiera. Como "cuando quisiera" era ya, volé para la parada. Por poco echo canas esperando la fóquin guagua.

Llegué como a las cinco. Ni me saludó. Me agarró las manos que, malrayo me parta, estaban sudadas y gritó: ¡Ay nene, he puesto un huevo terrible!…

Terrible era poco decir. Le había dado con ponerse a rebuscar en la basura de Don Danilo, que estaba al lado de la suya en el depósito.

Y claro, el viejo la había mangado como quien dice in fraganti.

—¿Y tú qué hiciste?

—¿Qué iba a hacer? Me quedé pasmá y le dije que la bolsa se había virado y yo se la estaba recogiendo…

La miré sin contestar. La verdad es que sonaba flojísimo. Le conté entonces lo de la chilla de Don Danilo. Se le prendieron dos bombillas en los ojos y salió volando para el cuarto. Seguida volvió con algo en la mano. Era una foto en blanco y negro remendada con Scotch Tape.

—¿La conoces?

Me tomó unos minutos reconocerla, así, sin maquillaje y, sobre todo, sin ropa. Era la misma melena riza, la misma boca gruesa. Se parece, dije impresionado por el profesionalismo de Dalia, que había encontrado los cantitos en la basura del viejo y se los había escondido en el brasier para pegarlos después. Confieso que la segunda parte me basiló más que la primera...

—¿Hay caso o no hay caso?, preguntó por fin con la voz de la victoria.

Me quedé pensando antes de abrir la boca. Se me estaba cuajando una idea para averiguar la verdad, toda la verdad y algo más que la verdad...

V

Nos pasamos el día entero planificando la acción. Pucho consiguió un montón de aparatos raros de los que se usan para forzar cerraduras. Se los habían prestado unos broquis suyos que estaban en eso part-time. Vitín nos dio a cada uno un par de guantes plásticos y una media náilon de mujer . Los guantes, claro, eran para no dejar huellas digitales y las náilon para taparnos la cara estilo delincuente. Con mi educación católica royéndome las tripas, estuve de carreritas toda la tarde.

Como a las cinco y cuarto, estábamos en Puerto Nuevo oyendo a José Feliciano en el cuarto de Vitín y bebiendo Hawaiian Punch. Vitín prendió un gallo y nos ofreció pero Pucho le dijo que él no se arrebataba en horas de trabajo. Yo me hice el loco y pasé porque acababa de leer un artículo cañón sobre los efectos de la yerba en el funcionamiento de la memoria. Ustedes sé lo pierden, dijo Vitín y se dio otro pase para metemos fiero.

Yo había quedado en llamar a Dalia para saber si había cumplido con su parte del plan. La conversación fue bien corta:

—¿Ya?

—Planchao.

—¿A qué hora?

—A las siete.

—Dale bastante gasolina.

—Olvídese.

Vitín y Pucho estaban entusiasmados como unos chamaquitos con un juguete nuevo. Y yo también, dicho sea de paso, porque algo me decía que si no se resolvía pronto este asunto jamás de los jamases iba a poder llegar a primera base con Dalia. Y lo peor de todo es que había decidido que "o ella o nadie". El prospecto del celibato eterno me daba ánimos para seguir adelante.

A las siete menos cuarto llegamos asfixiaos al lobby del condominio, vestidos de negro de arriba a abajo y con todo el equipo a cuestas en una bolsa de Pueblo. Cogimos el ascensor hasta el séptimo piso y corrimos para el apartamento de Dalia, que nos estaba esperando con la puerta abierta. Por poco no llegan, dijo, empujándonos hacia el balcón.

Fueron veinte minutos pero parecieron horas. Escondidos detrás de la cortina que cubría la puerta corrediza de cristal, con las máscaras y los guantes puestos, oímos el timbre y sentimos a Dalia caminar en dirección a la puerta. Me imaginé la calva de Don Danilo brillando como una bola de cristal bajo el neón criminal del pasillo.

Dalia lo sentó muy estratégicamente de espaldas y relativamente lejos del balcón. Le puso un trago en la mano con una rapidez que a cualquiera le hubiera parecido sospechosa. Pero el viejo ya venía entonadito, se le notaba en la voz. Esperé a que Dalia le pusiera el disco de Daniel Santos convenido, cosa de ambientarlo en su época y todo, y le di la señal a Vitín y Pucho. Uno a uno nos aupamos por encima del tabique y pasamos al otro lado.

Vitín se frustró. Después de tanto preparativo no hubo que forzar la cerradura porque el viejo había dejado la puerta de cristal abierta. La luz de la cocina estaba prendida y la estatua se veía bien blanca en la penumbra. ¿Esta es?, dijo Vitín, acariciándole una teta. Ni a las estatuas perdonaba ese tártaro. Debe ser, dije yo, mirándola fijamente, porque así de cerca no se me parecía mucho a la que yo había visto desde el balcón. A señas de Vitín, entre los tres la levantamos. Aquí no puede haber un muerto, mano, esto no pesa na, dijo Pucho y tenía razón. La estatua pesaba menos que un maniquí.

—Vamos a chequiar el cuarto a ver, ordenó Vitín con su guille de Comandante Cero. El cuarto resultaron ser dos. El señor y la señora dormían separados. Nos repartimos la tarea, para avanzar, y a mí me tocó el de ella. Vitín se reservó el de Don Danilo. Pucho inspeccionó baño y cocina.

El cuarto de la doña no tenía nada que ver con la sala. Cortinitas, volantitos, empapelado de florecitas. Un cuarto de bebé. No le faltaban más que los peluches y las Barbies. Lo que más me friquió fue ver la ropa de Doña Lucrecia en el clóset y en las gavetas del tocador. Si está muerta de verdad, el viejo está cabrón y medio, me dije, viéndola como persona de carne y hueso por primera vez.

La búsqueda no estaba aflojando pistas, por lo que reportaban Vitín y Pucho. Volvimos a la sala un poco mosqueados. ¿Nos llevamos la estatua en el carro pa reventarla a masetazos?, ofreció Vitín, loquito por meter mano. Pero se decidió que no. Era muy arriesgado salir de allí con aquel bulto a cuestas.

Entonces fue que oímos a Dalia gritando en voz baja, si se lo pueden imaginar, por el balcón: ¡Vénganse, que va para allá, se le quedaron los cigarrillos!

El corricorre fue de película. Hubo que volver a poner la estatua en su sitio, apagar luces y agarrar la bolsa antes de volar para el balcón y saltar uno a uno hacia el mundo libre. Nos quedamos allí, quietecitos, con el corazón en la boca. Dalia juntó un poco las puertas para que no se fueran a oír los jipíos de la respiración de Pucho, que era asmático. Ella siguió sirviendo la comida como si tal cosa. Su sangre fría era increíble.

Al rato volvió Don Danilo. Pero sin cigarrillos. Qué raro, dijo, yo los había dejado al lado de la cama y no los encontré. Le eché una mirada acusadora a Vitín, que levantó los hombros en defensa propia. A Pucho le cayó un ataque de risa que por poco nos chotea y se tuvo que meter un kleenex lleno de mocos en la boca para no salir chillando.

Estuvieron como media hora comiendo. Se oía el ruidito de los cubiertos y los vasos. El olorcito del asopao de camarones llegaba hasta el balcón. Y nosotros que estábamos con esos estómagos en huelga desde las tres… Por fin, se acabó esa tortura psicológica y se sentaron en la sala. Los hiclos del vaso de Don Danilo chocaban entre sí y eso me tenía los nervios de punta.

Entonces las cosas cogieron un desvío que nadie se esperaba. Para que tengan una leve idea de por qué pasó lo que pasó, óiganse esta conversacioncita:

—Dalia, ¿usté nunca ha posado desnuda para un artista?

—Ay no, Don Danilo, yo soy demasiado tímida…

—Pues… a mí me encantaría, sabe, con ese cuerpo tan escultural, digo…

—¿Pero usté está hablando en serio?

—En serio, en serio… Si quiere, primero le tomo unas cuantas fotos para que se vaya acostumbrando…

Pucho y Vitín me tenían el brazo amoratao con la cantidad de pellizcos que me estaban metiendo hacía rato. Pero aquello estaba tan del carajo que yo como que no acababa de reaccionar. El viejo seguía con su rollo, tratando de comerle el cerebro a Dalia para que se le desnudara y yo encojonándome cada vez más. A lo mejor si la cosa se queda ahí, yo me controlo, aunque me estuviera teniendo que tragar todas esas cabronerías a culcul y delante de los panas. Pero el viejo como que se estaba pasando de la raya, como que le estaba faltando el respeto a Dalia y a mí también, de carambola. Seguramente pensó que porque ella era divorciada se la iba a poder tirar calle, igualito que a la tipa del retrato. Encima de eso, me dio con acordarme, no sé por qué, de los volantitos y las florecitas del cuarto de Doña Lucrecia. Y me entró un calentón por la barriga que se me fue trepando a la cabeza. Tenía la boca seca y el corazón esmandao. Entonces fue que se oyó el ruido de butaca arrastrada y a Dalia diciendo: No, por favor, deje eso, Don Danilo… Y me di cuenta de que el muy sucio estaba tratando de tocarla y ahí fue que se me subió lo malo y me levanté, con todo y ropa negra y gorro de náilon que debo haber parecido algo así como un Drácula punk, y antes de que Vitín y Pucho pudieran pararme, abrí esa puerta con una fuerza que no sé de dónde coño me salía y me le fui pa encima como un temporal.

Don Danilo, que estaba sentado al lado de Dalia en el sofá de mis sueños y tratando de echarle garra, se quedó tieso cuando me vio venir. Pero reaccionó con todo y juma. Alzó los brazos para defenderse. Yo lo agarré por la guayabera azul clarito PNP que tenía puesta, lo levanté y le metí el puño de su vida y de la mía también. No sé si fueron las losetas o fui yo. Pero cayó redondo. Pucho llegó corriendo a agarrarme cuando era obvio que ya no hacía falta. Dalia no paraba de decir: ay nene, qué loco, qué loco... Vitín tenía la cara más larga que le he visto en la vida. Y dentro de la media náilon se le veía más cabrona todavía.

Dalia fue a donde estaba tendido Don Danilo y le chequió el pulso. Está vivo, dijo y a Pucho se le zafó un gracias-a-Dios. Hay que llevarlo al hospital, dije yo, empezando a salir del shock. Al hospital un carajo, dijo Vitín, que allí hay que dar un montón de explicaciones. Pero ¿y si se nos muere aquí?, dijo Pucho y a todos se nos enfrió la boca del estómago. Dalia, que estaba extrañamente callada después del agite primero, de momento rompió a dar instrucciones. Y menos mal, porque eso como que nos quitó el espaceo que teníamos encima.

En lo que Dalia abría la puerta del vecino con la llave que le encontramos en el bolsillo, yo velaba que nadie fuera a venir por el pasillo. Entre todos los cargamos y lo pusimos en su cama. El morón de Pucho vino con la gracia de querer cruzarle las manos sobre el pecho. Vitín le metió su buen burrunazo en las costillas para que no se pasara de gracioso.

Entonces Dalia se puso seria y les dijo que iba a llamar una ambulancia y que se tenían que ir. Protestaron su poco pero en realidad ella tenía razón. Si alguien nos llega a ver con la indumentaria que teníamos puesta, nos meten presos sin cráneo a los tres. Los obligué a quitarse por lo menos las náilon y los guantes antes de echar. Cuando iban saliendo, Vitín se vira de momento, me tiende la mano y cuando se la voy a quemar, me encuentro con una cajetilla de Winston. Dáselos, dice, pa que se fume uno cuando se le pase la jaqueca...

Cuando echaron los muchachos me sentí, aquí entre nos, medio huérfano. Dalia estaba hablando por teléfono en la sala y Don Danilo se veía más jincho que nunca en la luz de su cuarto.

—Ahora cálmate, dijo ella cuando colgó, porque viene para acá José Manuel.

Esta vez no me tuvo que recordar quién era. Me lo confirmó el cuchillazo que sentí en la espalda. Contra, después de todo lo que habíamos pasado juntos, después del lío en que me había metido por defenderla, venir y que a llamar a ese cabrón. Eso me pareció la injusticia más grande del mundo, la traición con T mayúscula. Pero no dije nada. Tenía miedo de abrir la boca a llorar.

En eso, menos mal que Don Danilo rompió a quejarse: ay, ay, mamá, qué dolor, y corrimos a ponerle hielo envuelto en una toalla y a arroparlo con una colcha. ¿Qué pasó, ah?, decía mirando a Dalia con una cara de nene castigado que hubiera dado lástima si uno no hubiera sabido más que eso. Usté se cayó y se dio un golpecito, le explicaba ella un poco demasiado tiernamente para mi gusto. El viró la vista porque la cabeza no podía, me miró y sonrió pendejamente. Entre la juma, el cantazo y los años, no se acordaba ni del día que era.

Sonó el timbre y Dalia fue a abrir. Al rato, entró el tipo al cuarto, con el mismo maletín del día de nuestro encuentro fatal pero con una camisa de cuadros estilo Reagan en sus buenos tiempos. Me masacró con la mirada. ¿Quién es el herido?, preguntó, espero que inconsciente del doble sentido. No fue hasta que abrió el maletín que se me empezó a hacer la luz en el cerebro. Cuando lo vi sacar el estetoscopio, miré a Dalia, que me estaba mirando fijamente, y respiré hondo como si me estuvieran auscultando a mí.

Lo que tenía Don Danilo se reducía a tremendo chichón en el coco y un exceso de whisky entre cuero y carne. Hay que dejarlo dormir, darle un chequeo de vez en cuando y aspirinas porque le va a doler, sentenció el ex en su papel de médico. Me fijé que le hizo una seña a Dalia y se fueron juntos para la sala. Lo que hablaron ni lo sé ni me interesa. Además, con los ronquidos de Don Danilo no había quien pudiera oír nada.

Me fui para la ventana y me dejé hipnotizar por las luces de San Juan. La mala suerte no me soltaba ni en las cuestas. Para colmo, me dio con acordarme de los pocos días que me quedaban en Puerto Rico antes de tirarme de cabeza en el maratón universitario. Librar la coca me importaba ahora menos que al principio, lo juro. Pero la idea de no volver a verla me trancaba el pecho. Hasta aquí llegamos, Dalia, pensé, con los ojos aguados.

Cuando sentí unos brazos alrededor de la cintura, brinqué como brincaba ella cuando yo le hacía lo mismo. No pude evitar el pendejo reflejo de preguntar: Adiós, ¿se fue? Ella se sonrió, me agarró la mano y me dijo, con mucha ternura: ¿Nos vamos un ratito para casa?

Salimos al pasillo abrazaditos como dos recién casados. Y en el momento de meter la llave en la cerradura —lo juro por la Biblia, el Corán y el Talmud— se fue la luz.

VI

No voy a dar detalles de mi primera noche con Dalia. Yo no soy ese tipo de tipo. Confórmense con saber que fue chévere y que me sorprendió mi capacidad de improvisación. Ni yo me sentí como aprendiz de hombre ni ella tenía guille de maestra de escuela elemental. Pude comprobar *empíricamente*, como dice el míster de química, que en eso de los adolescentes con las mujeres maduras hay algo más que un mito popular…

Entre el amor y la enfermería del lado, no pegamos el ojo. Nos turnamos para cambiarle la bolsa de hielo y chequiarle el pulso y la respiración al sospechoso, según instrucciones del doctor. Don Danilo abría los ojos cuando le poníamos el foco del flashlight en la cara, decía dos o tres pendejases y se volvía a dormir como si tal cosa.

En una que yo estaba pillándole la frisa debajo del mátres para que no se fuera a caer de la cama, toqué algo con la mano. Mira esto, Dalia, dije, pegándole el flashlight a la colección de fotos de mujeres jóvenes desnudas que había dentro del sobre manila, lo que se perdió Vitín. Ay madre, dijo Dalia, a lo mejor pensando: de la que me salvé… Miré a aquel pobre viejo tirado en aquella cama, pensé: coño, las apariencias engañan *sí* y volví a meter el sobrecito caliente debajo del mátres.

Ya como a las cuatro de la mañana, estábamos tan yonqueaos que nos rajamos. Las buenas intenciones se fueron a juste y nos largamos a dormir. Yo nunca había dormido en cama de agua. Es algo así como flotar en medio del mar sin miedo a que venga un fóquin tiburón a papiarle las patas a uno. Y con Dalia como una sirena fabulosa (pero sin el rabo de pescao, ja, ja) nadando sensualmente a mi lado…

Ella se quedó como palo. Yo eché un fracatán de sueñitos chiquitos. A cada rato me despertaba y la miraba a ver si era verdad. Había llovido bastante desde aquella noche de los golpes y los gritos. Aunque si vamos a ver, golpes había habido esa noche también. Pero los gritos no eran exactamente de dolor, modestia aparte.

El sol se metió por las ventanas miamis y llenó el cuarto de líneas de luz. Dalia se veía superchula tendida bocabajo con su pelo negro y su piel trigueñita sobre la sábana blanca. Me debo haber quedado dormido sin darme cuenta porque cuando miré el reloj ya eran como las nueve. A ésta la botan hoy, pensé. Pero no tuve el valor de despertarla.

Me levanté sin hacer ruido, aunque la cama se movió como un flan, y fui hasta la cocina con la buena intención de preparar el desayuno y llevárselo al cuarto. En eso yo estaba duro porque la Vieja dejó de preparármelo a los cinco años para que aprendiera y que a desenvolverme en la vida, como le gusta decir a ella.

Ya tenía la estufa prendida y la leche puesta y estaba echándole el café a la greca, cuando oí el chorro de agua. Chequié la pluma del fregadero y estaba cerrada. El chorro volvió al ataque.

Se oía un poquito más cerca. ¿Sería la fóquin cama de agua que se estaba derramando después de tanto brincoteo? Pero no. El ruido venía de afuera. Entonces registré. Alguien estaba regando las matas con una manguera. Y era ahí al lado, frente al apartamento de Don Danilo. Me asomé por la ventana para ligarle la careta al viejo. Qué ánimo, pensé, y que regar matas con ese chichón y ese jangóver...

Pero, por supuesto, no era Don Danilo. O si era, el tipo era transformista. Quien estaba regando las matas tenía puesta una bata de casa con diseños africanos y tremendos tacos, como si acabara de llegar de la calle. La doña dio la vuelta, echó par de chorros más, apagó la manguera y caminó hasta la puerta del apartamento de Dalia. Yo me eché para atrás, no fuera a verme por la ventana así, en traje de Adán...

El timbre sonó tres veces y no me atreví a moverme. Cuando ya casi se estaba convenciendo de que no había nadie, la voz de Dalia la paró en seco. Medio dormida todavía y emborujada en una sábana como una romana de película, la Mujer de mi Vida venía caminando hacia la puerta. Por más que le hice señas de que no abriera, como siempre se salió con la suya.

—Ay, nena, dijo la doña, perdona que te venga a molestar tan tempranito, fue que como te oí traqueteando en la cocina...

Dalia murmura algo entre dientes, será un no-se-apure de circunstancia para que la vieja pueda embollar con su discurso. Y embolla: Gracias, mijita, por lo que hiciste por el pobre Nilo, él me contó, bendito, qué mal rato, cómo está este país que ni en la propia casa hay seguridad, Virgen santísima...

Francamente no sé cómo Dalia pudo bregar sin un pocillo en el buche y con la mala (bueno, eso de mala es muy discutible) noche que habíamos pasado. Pero bregó. Metía los mochos sin perder pie como si estuviera recitando una botella de examen oral. Por fin, la doña se fue, meneando el rabo de lo más contentona. Demasiado, pensé yo, para alguien que acaba de encontrar al marido postrado en una cama con un tufazo de atómico y tremendo chichón en la cabeza...

La puerta se cerró con la fuerza del viento que soplaba del balcón. Dalia se recostó de la pared y nos dimos la madre de las miradas largas.

—Pero entonces, ¿tenía hermana?, fue lo único que se me ocurrió decir a mí por aquello de salir del tranque.

—Véte y pregúntale, dijo ella y fue a tirarse en el sofá como un saco de batatas.

De momento se oyó el volcán de la leche derramándose y tuve que volar a rescatar la cacerola que ya casi estaba achicharrada. Desde la cocina se oía perfectamente la ametralladora de noticias que Radio Reloj estaba descargando en el apartamento del lado. Por eso fue que cuando dijeron lo del cadáver desnudo de la mujer que una sirvienta dominicana había encontrado en un clóset de cierto hotel de la parada quince, se me resbaló la greca de las manos.

—¿Qué fue eso, nene?

La voz de Dalia sonaba lejos, como separada de los pasos que venían. Y yo, loco, buscando la condená esponja que no aparecía, tratando de parar con las manos aquel río negro que se me seguía colando entre las losetas...

SERIE NEGRA

"I was only trying to cheat death."
-Cornell Woolrich (William Irish)

DELITO SIN CUERPO

Me tomo mi tiempo. Trabajo sin ruido. Friego, froto, colo-
co. Recojo las migajas. Seco bien los cubiertos para que no se
manchen. Escurro bien los vasos para que no se opaquen.

Desde el pasillo escucho, quieta. Las páginas no pasan. No
hay luz en la ranura de la puerta. Me concentro. La perilla da
vuelta sin esfuerzo. Mis pies descalzos turban la fibra de la al-
fombra. Me crispo: me resisto. Si me vuelvo ahora mismo, todo se queda igual. Pero es la hora.

Una energía ciega maneja los objetos. La cama se desliza hacia la puerta. Las paredes obligan hacia el centro. El piso se levanta, me transporta. Adivino los párpados tranquilos. Un respirar ahoga mi latido. El pecho de mi amado es una vela al viento inesperado de mi rabia.

Un índice de luna prolonga la hoja fina que enarbola mi mano vengadora. La sábana se inflama como un llano en la marca
anunciada de su sangre…

Una corriente helada me despierta. La almohada se mueve al
fuete de mi pelo. Es él, el que me mira desde arriba; su mano levantada la que avanza. Sus dientes se platean a la luz del cuchillo que busca mi garganta…

Grito. Grita. Los dos nos despertamos: erizados, disueltos
en sudor, devueltos. Cansados de soñar noche tras noche la
misma pesadilla compartida.

MAS ACA

La viuda se recuesta en el sofá, aún medio llorosa del entierro. Sus muslos se entreabren como alas en el primer instante del vuelo. Sus dedos buscan y rebuscan, dentro del nido, la puerta de adentro...

Ahí viene el Misterioso Extraño. Ahora está vestido de cartero. La penumbra alimenta la magia, el dulce anonimato del parejo. Y la viuda se abre al vicio solitario, cuestión de inaugurar el celibato nuevo.

—Avanza, nena, avanza, te traigo carta urgente —dice él, confiscándola, dándole chino fiero.

La falda sube, baja el pantalón. Y se van hasta el fondo y hacia el suelo. El la ensarta con arte desde atrás. Le roza la cadera el saco del correo.

—Y déme, déme, déme —gime ella, formal.

—Y toma, toma, toma —ruge él, parejero.

Embiste, retrocede, atrás, al frente. El gusto insoportable va montando. La viuda le suplica: por favor, entrégueme la carta, caballero...

—Bésame, vente, nena, y te la doy —le hiere la mejilla el fuego del cartero.

Ella se hace esperar. Pero la fuerza del placer le tuerce el cuello. Y como la curiosidad se paga caro, la viuda mira y ve. Su grito de terror le descuartiza el pecho.

Espantándose las moscas de la boca, el difunto comenta circunspecto:

—Te dije que eras mía para siempre. ¿Cuándo vas a aprender que yo hablo en serio?

SALTO VITAL

El edificio es viejo y bello. El cielo le hace un marco azul añil. Un día así no se merece esto. Los bomberos extienden los colchones. Alguna gente se retira un poco. Otros se quedan cerca, desafiando al guardia que los saca del medio. Hace un calor de madre. Me recuesto del muro. Veo puntos negros.

Se oye la ambulancia por sobre las bocinas del tapón. La brisa me refresca, se me pasa el mareo. Un hombre bien trajeado, serio, cuarentón, se apea de un Volvo negro. Pide un altoparlante, se lo dan. Un psiquiatra: los conozco de verlos. Mi nombre y apellido: cómo no. Mi edad: muy bien. Mi dirección: hasta ahí llego. Es la estrategia de la distracción, la treta del detalle concreto. El loquero me ruega, me ordena, me aconseja. A cada frase suya me inclino en el alero. La gente grita. Desplazan el colchón. Estoy gateando justo al borde. Me quito los zapatos con los pies. La brisa aprieta y me levanta el pelo. Debe verse bonito desde abajo. Siento que me abandona el miedo.

Los guardias ya están en la azotea. La gente los señala con el dedo. Viro la cabeza y los distingo, a punto de saltar sobre el alero. Gateo de un lado a otro, haciendo tiempo, y se mueven conmigo los bomberos.

Entonces alguien grita desde allá y no lo puedo ver porque me ciega el pelo. Pero es un muchachito y la voz se le quiebra y en ella no hay malicia, sólo juego:

—¡Acaba de tirarte que se me va la guagua!

En lo que me preparo a complacerlo, ya los guardias me tienen por las piernas. Telón mientras la gente nos aplaude. El psiquiatra declara, satisfecho, para los periodistas que llegaron tarde. Habrá un chico aburrido que se aleje pateando una chapita de refresco.

Y aquí estoy otra vez. Será otro día.

SOBRE TUMBAS Y HEROES
(Folletín de caballería boricua)

"…And for memory I had substituted inquiry."

-George Lamming

I   EL SUEÑO DE DON VIRGILIO

Un 23 de septiembre, a eso de las dos de la madrugada, Don Virgilio se despertó con la misma sensación de frío, el mismo lagrimeo en los ojos, el mismo temblor de manos, en fin, el mismo subimiento general que cuando El Indio venía a anunciarle muerto. Cerró los ojos y dijo la Oración del Buen Morir, por si era que de verdad le había llegado la hora de dar el cambio. Después de todo, tenía setentinueve añitos de reencarnado, con por lo menos sesenticinco de ellos al servicio de La Patria. Si las convicciones y las privaciones eran varas para medir la intensidad del tiempo, había vivido ya lo suficiente como para nacer bastante adelantadito en la próxima existencia.

Así pues, se dispuso a entregar el viejo carapacho sin resistencia, él que se había paseado tantas veces entre las sombras de la muerte. Y se puso nervioso como un novio ante la expectativa de volver a ver a Mercedes, igualita de frágil, pálida y bella que cuando pasó a mejor vida en la flor de sus treinticinco.

Pero los minutos siguieron resbalando y su pecho levantándose y cayendo al ritmo suave de los pensamientos. Y la falsa de Mercedes no se apareció a cumplir la promesa hecha aquella noche apasionada debajo del café de la India florecido. En cambio, Don Virgilio tuvo la impresión de ver a Don Pedro, con su traje de hilo almidonado y su mirada generosa, asomado por la red del mosquitero. Maestro, dijo, incorporándose para no desairar a su mentor, aquí estoy, a sus órdenes... Y se quedó pendiente, apoyado en los codos, taladrando a duras penas con los ojos aguados la oscuridad. Al cabo, el sueño pudo más que la espera. Y sin aviso ni transición, pasó de una cama demasiado ancha para su soledad a un paisaje rural techado de flamboyanes y alfombrado de yagrumo.

La noche estaba a punto de caer. Las sombras de los cafetales crecían y un olor a eucalipto guardaespaldas viajaba primera clase en la brisa. La pijama azul de sus noches terrenales descartada, se sintió de buenas a primeras descalzo y emborujado en una frisa raída que había conocido tiempos mejores. Emborujada también estaba su respetable calva bajo una abundante como sorpresiva melena de poeta romántico. Oh prodigio, andaba sin sus inseparables bifocales, su piel era nueva y la artritis le había dado vacaciones a las coyunturas. Sólo los ojos del nuevo Virgilio guardaban el brillo tísico de un cielo amablemente crepuscular.

Alzó la vista y divisó los lomos azulosos de unos montes en forma de silla de montar que desafiaban la línea niveladora del horizonte. Bajó la vista y vio, en la falda de una cuesta empinada, entre zarzas y helechos, tres cruces de madera clavadas en tres mogotes de tierra rojiza. La brisa se hizo viento provocador de greñas. La frisa se entreabrió. Y cuando quiso tapar su desnudez, se descubrió vestido con la camisa blanca percudida, la faja a la cintura y el pantalón anchote y brincacharcos de un jíbaro de Oller.

El bosque espeso dio un paso al frente. El sol dio un paso atrás. Y un rayo de luna prematuro delató los nombres tallados en las cruces. Entonces una voz firme y honda que parecía salida de la propia tripamenta de la tierra le puso fecha al terror: a 19 de noviembre de 1983.

Don Virgilio tembló en su cuerpo prestado.

II EN LA COLECCION PUERTORRIQUEÑA

Emanuel Meléndez se sobó el callo del dedo corazón, le echó un coño mental a la fotocopiadora en huelga y siguió citando, estoico, en su libreta. GUERRA AL SINDROME ABORTIVO BORICUA, gritaba el cruzacalles de su frente. Los ojos se le nublaban, estaba que leía gato por gota, pero imposible abandonar la investigación en momento tan pinacular. Le guiñó el ojo a la muchacha de los espejuelos y el lunar en la nariz que, en la mesa del frente, seguramente tramaba alguna babosería tipo "El discurso machista en Lope de Vega" para aprobar algún curso graduado de Estudios Hispánicos. Frustrada quedó dicha guiñada ante la indiferencia de la estudiosa. Reprimiendo pues sus considerables ínfulas de Tenorio, volvió Emanuel a zambullirse en Pérez Moris y Cueto, páginas 184 a 187, donde el perverso coronel español Don Francisco Martínez narraba, en su estilacho militarote, el asesinato de dos patriotas del Grito de Lares:

"La maleza en aquel punto era terrible, impenetrable, el piso resbaloso, la trocha de una cuarta y la curva que describía bastante desarrollada. A cinco varas ya de aquélla, me dijo Quiñones: "Ahí están —señalando con el dedo— vayan ustedes", tratando de quedarse atrás, lo que no consiguió, poniéndosele a la cabeza. Los sargentos González Portelli y Antolín de Prado y el gastador Francisco Escribá iban a mi lado cuando caímos sobre ellos que, despertándose con el ruido, echaron mano a los revólveres que dispararon y, no tocándonos sus tiros, fueron muertos instantáneamente, el uno por una bala de mi revólver dada en la cabeza y el otro por los acertados disparos de los fusiles de los enunciados sargento y gastador. Los nombres de los muertos, según ha expresado el encargado de la hacienda don Bernardo Navarro, son: Baldomero Bauren y Mathias Bruckman"...

Asesinato y amapucho, denunció casi en sangre de callo Emanuel al margen de la 186, suspirando un suspiro angustiado pero viril. Bien lejos estaba aún de mandar a pasar a maquinilla la monografía que consumía sus días y noches de Joven Investigador Ansioso por Contribuir al Rescate de Nuestra Historia. En seis meses de brutal estofe, había documentado sólo dos de los tres acontecimientos con los que esperaba probar su hipótesis cumbre: "El crimen ejemplarizante, una constante en la historia colonial de Puerto Rico." Lo del Cerro Maravilla era historia reciente, cuestión de releer periódicos y darle *rewind* a los *videotapes* de las vistas públicas. Lo de Beauchamp y Rosado no había sido ningún pellizco de ñoco, aunque por lo menos todavía andaban por ahí los testimonios de los contemporáneos. Pero este asunto de Matías Brugman (¿o Bruckmann?) y Baldomero Bauren (¿o Bauring?) sí que era un hueso duro de roer. La única testigo era la tradición oral. ¿Cómo probar un homicidio ocurrido hace más de cien años? Y con las declaraciones juradas alegando defensa propia cortesía del propio gobierno español...

El bip de su reloj pulsera lo trajo de Lares a Río Piedras en volandas. Antes de recoger la papelería para irse a ahogar sus penas en jugo de china, le volvió a guiñar el ojo a la muchacha de los espejuelos y el lunar en la nariz, quien lo recompensó esta vez con un despliegue pianístico de dientes.

Emanuel Meléndez volvió a sobarse el callo del dedo corazón. Y, cartapacio al hombro, cruzó la frontera hacia la tierra prometida de la mesa del frente, donde se reivindicaba a ficha limpia: "El rol de la mujer en las luchas emancipadoras de Puerto Rico."

III LA VISITA

Tuvieron que esperar bastante en lo que Don Virgilio bajaba, a paso de tortuga lisiada, la escalera del viejo edificio riopedrense. Aquí no hay ascensor, ustedes perdonen, dijo sin aire cuando por fin pudo llegar al portón y abrir el candado protector de su poca propiedad.

Guiomar y Don Virgilio se abrazan efusivamente, como tío-abuelo predilecto a sobrina-nieta predilecta. Emanuel espera, respetuoso, que le tiendan la mano antes de aventurar la suya. Este es el muchacho que te dije, aclara innecesariamente Guiomar con cierto anacrónico sonrojo. Par de sonrisas más y empieza el épico ascenso, con el engabanado y encorbatado Don Virgilio al frente. Cinco pisos más tarde y tras las debidas pausas para la reoxigenación del tío-abuelo, entran por un pasillo repentinamente oscuro a la salita-biblioteca-cocina-comedor del visitado. Excusen el revolú, dice, tengo que sacar un ratito para poner orden aquí, es que desde que murió Mercedes...

Hace cuarenta años, apunta Guiomar a sotto voce y Emanuel sonríe vagamente, ocupado como está en hacer el inventario visual del sitio. Contraste medio violento de los muebles viejolos de caoba con el televisor, la nevera y la mesa de fórmica *Early* Mueblerías Mendoza. Libros, periódicos de todas fechas y papelería general quedándose con el menor espacio potable. Capa de polvo de espesor variable, un inconfundible perfume felino y tres pares de ojos amarillos espiando desde diversos puntos de vigía. Sobre el piano, nada menos que una exótica cotorra boricua sobrevivida en su jaula de bambú. En la pared, un retrato de Pedro Albizu Campos, un óleo de Fran Cervoni y, entre la bandera de Lares y el estandarte negro con la cruz de Malta blanca, un cartel de Libertad Lamarque en *Besos Brujos*. En el suelo, un maletín abierto con un fracatán de copias atrasadas del *Volantín Nacional*, que don Virgilio distribuía antes del *coup d'état* de los setenta inviernos. Qué calentón, dice Guiomar, incontenible, siguiendo la mirada escrutadora de Emanuel.

Y ahora, toda la sala se recoge juiciosa en los bifocales de Don Virgilio, quien procede al interrogatorio con su tono declamatorio y su airecito patriarcal:

—Y ¿en qué podemos servirle, joven?

Guiomar se lo ha contado todo. No es más que una ceremonia para certificar las recomendaciones de la sobrina-nieta. Emanuel se lanza de pecho, exhibe sin pudor su pasión de historia, no la historia cipaya de los administradores coloniales, no, ni la de las mediocres maldades de metrópolis madrastras... Sino la Intra-Historia, la épica oculta, la canción de gesta de los supuestamente derrotados. Aquí, intermedio respiratorio para que Don Virgilio ejerza un derecho al aplauso que no ejerce. Viene entonces el tema obligado: la importancia revolucionaria de los líderes asesinados, su identidad netamente antillana, Bauren dominicano, Brugman americano de madre haitiana y padre curazoleño, la oportunidad política de la monografía, su envergadura trans-secular, su carácter absolutamente científico, su interés cuasi detectivesco... Pero el viejo ni pío. De vez en cuando verifica con el rabo del ojo a Guiomar, perdida de admiración en la retórica imperturbable del amigo.

Ya Emanuel ha recitado de memoria el informe del coronel Martínez. Ya ha atizado al rojo vivo el patriotismo de su audiencia con el pronunciamiento reaccionario de Pérez Moris: *"El fin que tuvieron quienes tan ingratamente pagaron la hospitalidad española fue el que merecían aquellos mercenarios que, como muchos otros, se dedicaron a encender la guerra en las Antillas"*... Ya se han dado cada uno tres palos de café pulla, Don Virgilio nunca usa azúcar, ese veneno. Ya a Guiomar le está doliendo la quijada a fuerza de tragarse los bostezos. Ya un gato muellero ha salido cuatro veces de detrás del piano para ir a husmear el zafacón en la cocinita. El reloj acaba de dar cinco campanazos decididos y todos alzan a la vez su respectivo pocillo recalentado cuando, en media res, como programada, la cotorra rompe a chillar *La Borinqueña*, versión revolucionaria de Lola Rodríguez de Tió.

—Siempre la canta a esta hora— dice Don Virgilio con obvio pero recatado orgullo. Tan pronto se apaga el eco chillón de "laa-aaa liiii-beeeeer-táaaaaa" final, el viejo vuelve a clavarle la mirada al joven:

—Dígame, Emanuel: ¿Usted cree en La Obra?

Emanuel mira a Guiomar. Guiomar está de perfil y ni se da por aludida. El lunar de la nariz se le ve azul a esta hora de la tarde. Magno es el pasme. Pero Emanuel se la apunta, gallito, al contestar:

—¿Yo? Yo creo en La Ciencia.

Libertad Lamarque observa, socarrona.

IV NOTAS DE EMANUEL (1) : 16 de octubre

"...Tres horas aguantando aquel calor y aquella peste a gato. Tres horas que pude haber pasado en el Archivo Histórico o en la Colección Puertorriqueña... No sólo no soltó prenda sino que no encontró nada mejor que preguntar que si yo creía y que en "la obra." A espiritismo me huele. Malrayo parta. O el viejo está archi-chocho. O Guiomar no tiene madre. O las dos."

V CORRESPONDENCIA (1)

17 de octubre de 1983

Mi queridísima Guiomar:

Prefiero hacerte llegar ésta por mensajero. Hay ciertas cosas que no deben hablarse por teléfono y tengo poca confianza en el correo del imperio.

El muchachito me gustó. Es rebelde y descreído como él solo, pero tiene espina dorsal. A través de la fanfarronería se le clarea la fibra de patriota sincero. Consulté con El Indio y me parece que no te has equivocado. Es la persona que necesitamos. Pero tiene sus cositas que aprender. Dímele que se lea la crónica de José Marcial Quiñones que le señalé y que vuelva a verme el sábado a las diez. Y solo, no vaya a querer lucirse... Habrá que darle "ciencia" para que tome conciencia.

Un abrazo, Tío V.

VI SABADO

Emanuel encontró el portón abierto y subió corriendo los cinco pisos. Se detuvo en el descanso final para recuperar el aliento que los frecuentes silletazos de biblioteca le racionaban tan severamente. Tocó varias veces a la puerta. Don Virgilio se negaba rotundamente a poner timbre para evitarse sobresaltos cardíacos.

—Las diez y media— dijo el viejo, siempre engabanado y encorbatado, mientras con una pierna mantenía la puerta abierta y con la otra impedía la fuga en masa de los gatos.

—Mucha gente por la calle hoy— se excusó Emanuel. Y deslizando su flacura por la ranura disponible, fue a sentarse en el sofá donde mismo había disertado tan elocuentemente sobre la Intra-Historia.

—¿Leyó?

La voz de Don Virgilio sonaba cortésmente autoritaria. Emanuel afinó la suya al mismo son.

—Sí, pero me tuvo más cara de literatura que de historia. Ni siquiera da los nombres de los testigos oculares...

Don Virgilio se echó a reír, moviendo la cabeza de este a oeste.

—Ay mijo, qué inocencia —dijo—, acuérdese que toda esa gente todavía estaba viva cuando se publicó la crónica.

Con tal banderilla en el lomo tierno de su orgullo, Emanuel se sintió en la obligación moral de probar su competencia.

—Supongo que el campesino ese que se menciona es Francisco Quiñones el Viejo, el alquilado de la Hacienda Asunción que, según Martínez, delató a Brugman y Bauren —, recitó sin respirar, con la mirada conscientemente distraída del que se las echa con elegancia.

—Bajo amenaza de muerte, sí y encañonado por el mismo coronel Martínez, que no es lo mismo ni se escribe igual —confirma y corrige Don Virgilio, añadiendo con los ojos semi-cerrados y un coro de aybenditos en la voz: —El pobrecito Paco...

Los ojos de Emanuel se abren como para tragarse el dato.

—Entonces ¿usté llegó a conocerlo?

Don Virgilio baja la vista y sonríe enigmático.

—Se podría decir.

Emanuel se muerde el bigotito, vacila en aras de la urbanidad y, tratando en vano de mantener el volumen estable:

—Mire, Don Virgilio, yo a usté le tengo todo el respeto del mundo. Pero una investigación *seria* requiere prueba *concreta*, ¿me entiende?

110

—El sobrino de Brugman —continúa Don Virgilio como si con él no fuera— aseguraba en 1930 que a su tío lo asesinaron en el camino de Bucarabones. Sin embargo...

La agresividad de Emanuel se le chorrea en el tono:

—¿Habló con él o con su espíritu?

—¿Y no es lo mismo, mijo? —afirma el viejo a millas del sarcasmo.

Pulsean con los ojos. Emanuel suspira y opta por la conviencia pacífica.

—José Marcial Quiñones dice que fue en Río Prieto, al pie de la Silla de Calderón.

Hay un brillito de desafío en los ojos de Don Virgilio cuando levanta la sesión con un tajante:

—A ver si lo ayuda "La Ciencia."

VII NOTAS (2): 24 de octubre

"A lo que he llegado, señores: todo un historiador recibiendo confidencias de los muertos. Pero es obvio que el viejo sabe su par de cositas. La oreja de la crónica no estuvo mal y de todos modos hay que partir de ahí, no habiendo ningún otro documento conocido que establezca la posibilidad del homicidio premeditado. Habrá que localizar el sitio de las tumbas y entrevistar a cuanto centenario respire a la redonda..."

VIII CORRESPONDENCIA (2)

4 de noviembre de 1983

Guio querida:

Creo que ya nuestro amigo ha perdido tiempo suficiente. Dímele que no tiene nada que buscar en Lares. Confirmado: hay otro Río Prieto en Yauco, precisamente del otro lado del río. Tengo la palabra de alguien que sabe. La Hacienda Asunción no aparece en los mapas de tiempos de España, por supuesto. ¿Caprichos de las sucesiones propietarias? Astucias de los españoles, digo yo.

Aún no he logrado comunicación con los asesinados. Son seres muy adelantados, quizás. O a lo peor, algo se está interponiendo. Lo cierto es que no tengo acceso. Ni el Indio me ha podido sacar de apuros.

Tendremos que llegarnos hasta donde Amparo. Un viaje largo no es lo más indicado para mi vejiga. Pero si Dios permite y el cuerpo quiere, estoy dispuesto. Mi tiempo está contado y queda mucho por hacer. ¿Crees que Emanuel nos acompañe? Te encargo esa delicadísima misión.

Bendiciones y abrazos, Tío V.

IX AMPARO

—La yerba mala ni muere ni envejece— dice la esbelta octogenaria cuando Don Virgilio piropea la eterna juventud de su piel negra.

Pasadas las amenidades, el trío sobrepuebla el consultorio de madera apolillada. Afuera, el mar de Arroyo purifica a lengüetadas la arena. Unas lloviznitas cariñosas alegran el techo de zinc hirviente.

—Las brujas se están casando— comenta Amparo, con un guiño coquetón a Guiomar.

Se han quedado de pie en obediencia a un gesto de la anfitriona, que viene y va, prendiendo una vela por aquí, desdoblando unos paños por allá, echando un chorro de perfume y otro de miel por acá. Emanuel experimenta el síndrome cucaracha-enbaile-de-gallinas, sobrevolándolo todo con la mayor distancia brechtiana posible. Guiomar le concede una mirada tierna y le tiende una mano tranquilizadora. Con la otra, aprieta clandestinamente la de su tío-abuelo. Ya hay un arco: el círculo está casi. Sólo falta la fuerza enchufadora de la Mediounidad Mayor.

Suena la campanita de cobre. Su repique limpio se prolonga en el silencio de fondo. Amparo sigue empeñada en agitarla y se estremece con cada sacudida.

—¿Quién quiere hacer la invocación?

A Emanuel le suben y le bajan pensando en que vaya a tocarle tan ingrata tarea. Pero la pregunta no es más que una formalidad. Guiomar se adelanta, hierática:

—Plana mayor espiritual, compatriotas del aire, ciudadanos del espacio libre, hermanos idos en combate patrio: aquí venimos, en humilde actitud y de resuelto acuerdo, movidos por la misma pasión que a ustedes inspiraba, unidos y reunidos, forjando el eslabón que a la Cadena Grande nos anexa, de su sabiduría superior reclamando hoy las luces…

Cosa sorprendente, Guiomar ha espepitado aquel sermón solemne sin el menor asomo de su habitual acento niuyorrícan. ¿Será que ella también posee "facultades"?

La mano de la vieja se va poniendo cada vez más fría dentro de la de Emanuel. De repente, Amparo se pandea hacia el frente, alzándose en las puntas de los pies. Su cabeza gira, da la vuelta entera: pecho, hombro, espalda, hombro, pecho. El ballet de la posesión ha comenzado y la obertura promete. Amparo se abre como un abanico para recibir la palabra de los caídos.

—¿En qué se ocupa usté? —pregunta Don Virgilio por encima de los bifocales, reviviendo la liturgia secreta de Lares. Hay una breve pausa, luego una tos. Y una voz que, a pesar de la gravedad insólita del timbre, sale del mismo fondo de Amparo, responde con firmeza:

—En asuntos útiles.

—Déme una letra —insiste Don Virgilio, visiblemente emocionado.

La voz se engruesa, se pone masculina más allá del bien y el mal y:

—Eme.

—Ele —clausura Don Virgilio, satisfecho, diciendo que sí con la cabeza.

Ejecutan entonces la pantomima sacra del saludo, tocándose ambos la misma oreja y extendiendo en seguida las manos para frotarse mutuamente las muñecas. Amparo se retuerce, suspira, deja salir el aire por la boca con la elegancia de una karateca y gruñe.

Emanuel se da cuenta de que, con todo y distanciamiento brechtiano, se le están parando los pelos de brazos, piernas y áreas peligrosamente adyacentes.

X NOTAS (3): 15 Noviembre

"...sacudió los tres trapos, los roceó con una agua de flores blancas y yerbas medicinales que tenía en una palangana mohosísima y los pasó por encima de la lata de incienso. A mí me dio el rojo, a Don Virgilio el negro y a Guiomar el blanco. Entonces me guindó el collar de matos rojos en el cuello con un montón de aspavientos más y —todo sea por el folklore— me sometió al indecible ridículo de tener que aceptar una espada invisible nada menos que de manos de Betances. Si no fuera por Guiomar, créanme que hace rato que yo me hubiera quitado de esto. Lo increíble, lo inaudito es que, con la preparación universitaria que tiene, ella cree como dogma todas esas vainas del viejo. Si eso no es lo que se llama contradicciones, Papi Marx...

Pero, aquí entre nos, ¿por qué tanto interés de parte de Don V.? No puedo creer que se desviva así por la mera gloria de descubrir una tumba. Y si los espíritus existen, ¿por qué no acaban de decirle dónde puñeta están enterrados Brugman y Bauren?

114

XI CORRESPONDENCIA (3)

16 de noviembre de 1983

Adorada sobrina:

Cuando Amparo nos conectó con Pancho Arroyo, pensé de primera intención que el apellido era una broma del espíritu comunicante (tú sabes que hay espíritus burlones) porque estábamos en el pueblo de Arroyo. Pero tu amigo lo identificó en seguida como revolucionario bona fide, se ve que se sabe su Lares al dedillo. Al llegar a casa, corrí a verificar en Cruz Monclova y averigüé que se trata nada menos que del "Hermano Instructor" de la Junta Revolucionaria Capá Prieto, de la que Brugman era presidente y Bauren secretario. Arroyo era el que los entrenaba en el uso de las armas, lo cual vino muy bien para la ceremonia de investidura, ¿no te parece?

Pero ¿por qué Amparo no pudo hacer contacto con los propios mártires de Río Prieto? ¿No pueden o no quieren comunicarse? ¿Qué o quién se lo está impidiendo?

Me aflige lo de tu discusión con Emanuel. Debes mostrarte más paciente. Ya tendrá la prueba que persigue y entrará en razón. Pienso en lo que dijo Amparo al despedirnos: "Ojo, el Enemigo les va a dar candela." Qué tipo de candela, me pregunto.

Animo y abrazos, Tío V.

XII REFLEXIONES EN LA 128

—Hacienda Asunción, Río Prieto, al pie de la Silla de Calderón...

¿La silla de quién? O nunca la habían oído mentar o eso por aquí no queda o eso está por allá botao por Sierra de Guilarte... En el mapa de la Shell ni siquiera aparecía. ¿Le habrían cambiado el nombre desde el siglo XIX, como probablemente también a la dichosa Hacienda Asunción?

Los estallidos del mofle del Volkswagen de Guiomar rompen el silencio eclesiástico de la carretera 128. Abajo, el río Yauco ofrece, en su carrera hacia el embalse, unas panorámicas algo serio. Terapia para investigadores amargados, pensaba Emanuel no tan sufridamente como suena, respirando el aire respirable de una región aún libre de industrias.

Aferrada al volante como a un trapecio, Guiomar estaba lejos de compartir tal euforia ecológica. Desde el Expreso de Ponce no malgasta una palabra, pese a los múltiples arranques líricos del compañero ante las bellezas del paisaje. ¿Qué se estará creyendo este tipo?, ruge su monólogo interior, si no es por Tío Virgilio ese research no da pie con bola, *God*, y pensar que yo no he vuelto a dar un tajo en el mío, pero *that's what we get* por pasarnos cosiendo banderas y cuidando enfermos para que ellos se queden a la larga con la gloria, *if you know what I mean*...

Sí, porque a Guiomar se le sube la niuyorricanidad cuando se enfogona. La niuyorricanidad y el feminismo, por si las dudas. Pero se tranquiliza con el eterno Todo Sea Por La Patria. Su maestría en Estudios Puertorriqueños tendrá que esperar y *That's all*.

Si larga era la 128, más larga era la incomodidad de Emanuel ante la resistencia mutis de Guiomar. Total, el tío-abuelo en cuestión tenía perfecto derecho constitucional a sus supersticiones. Y Guiomar a su fijación Eléctrica con el tío-abuelo. Lo que no le cuadraba era la absoluta obsesión del viejo con la idea de construir un monumento sobre las tumbas de Brugman y Bauren. Hablaba inclusive de sembrar sendos árboles de capá prieto a cada lado. Y no era la idea misma, que después de todo no sólo era legítima sino hasta bonita... Era la extraña urgencia con que la postulaba. ¿Sería el culto apostólico que Don Virgilio tributaba a los caídos sólo un modus operandi de una generación jubilada? ¿O la benévola expresión de un craqueíto senil? Dicho sea de paso, a Emanuel le resultaba bastante cursi esa canonización a priori de cuanta víctima de la represión colonial apareciera, esa insaciable sed de epopeya engendradora de insurgencias míticas. Como digno crío del post-Vietnam, prefería creer en la resistencia anónima de toda una gente. Huelgas laborales, marchas estudiantiles, comités vecinales, comandos musicales y atentados poéticos del frente cultural, eso —y no la obra aislada de unos cuantos hombres excepcionales— era lo que había que estimular y celebrar... Los héroes, sentenció desde el fondo del caño de su ideología sententista, no son sino graffiti que pasquinan los momentos críticos en la vida de un pueblo. Y se sonrió para adentro, muy orondo de haber parido parrafada tan trascendental.

Con truenos y relámpagos y todos los hierros meteorológicos, se inauguró como a las tres de la tarde un aguacero que amenazaba con declararse vitalicio. Los hoyos de la carretera se rellenaron de fango. Los frenos, ya precarios, empezaron a rechinar. Emanuel propuso parquearse en algún rincón misericordioso en lo que pasaba el mini-temporal.

Y con el sano propósito de echarse al cuerpo los sándwiches de atún y el jugo de piña Lotus que el siempre precavido Don Virgilio les había endilgado en una lonchera, fueron a alinearse bajo un palo de pana.

¿Fue culpa de las panas por haber estado demasiado verdes? ¿O de los vientos por haber soplado con demasiado ardor? ¿O será que, como hubiera dicho Don Virgilio, lo que está pa uno está pa uno? Lo cierto es que de repente se desprendió uno de esos robustos frutos del Trópico y fue a dar, con toda la ingenua fuerza de la que son capaces las panas, en el mismo medio de un parabrisas demasiado confiado.

El termo de jugo se viró completito. La raja del parabrisas tenía la forma de una estrella.

XIII FIN DE SIESTA

Las cinco de la tarde. En la vida había echado Don Virgilio siesta tan kilométrica. Generalmente dormía de una y media a tres cuando La Lucha no le dictaba otras prioridades. Al levantarse, molía café Cialito y se tomaba el tercer pocillo del día mientras le ponía vergüenza a la papelería de la mesa para sentarse a trabajar en el décimo tomo de sus *Guerrillas del Recuerdo*, obra que reclamaba, hacía más años de lo que era prudente contabilizar, toda su energía y concentración.

Así es que, de no ser por el patriótico pico de Crisanta, que nunca en su cotorra vida se había gozado un día de asueto, todavía estaría pataleando entre las aterciopeladas garras de Morfeo. El sueño que le había emboscado la conciencia aún le daba vueltas en la cabeza como una mosca atrapada entre el escrín y la ventana. Por lo que tuvo que volver al paisaje crepuscular que, a fuerza de visitas nocturnas, ya le era tan familiar como su propio apartamento.

Se vio otra vez de joven, con el disfraz de jíbaro decimonónico que se había convertido en su uniforme para sueños premonitorios. Aunque esta vez no se paseaba solo sino con una Guiomar y un Emanuel vestiditos de blanco de arriba abajo como dos ángeles de estampita. Ambos llevaban sudaderas de frente, toque folklórico-deportivo que Don Virgilio no supo apreciar. La de ella era blanca y la de él, cómo dudarlo, rojo sangre. Armados con una grabadora Panasonic y una cámara Minolta, caminaban a buen paso y tenidos de la mano bien Hansel y Gretel ellos, por el bosque oscurecido. Y, cosa prodigiosa, en lugar de avanzar retrocedían. Y retrocediendo en cámara lenta, iban acercándose peligrosamente a una hondonada cuyo fondo no se alcanzaba a percibir. Mientras la pareja seguía imperturbable su marcha, en reversa, hacia el abismo, Don Virgilio movía en vano los labios para avisarles. Pero, desde luego, las cuerdas vocales habían decretado un paro. Trataba entonces de levantar una mano para hacerles señas. Pero, por supuesto, sus manos habían echado largas raíces que las anclaban al suelo. Quiso ir hacia ellos. Pero, claro, un charco de arena movediza amenazaba con almorzarle los pies. No faltaban más que las pirañas y los caimanes cuando, sacándole el cuerpo al flashback onírico, se reintegró a eso que llaman realidad.

El exceso mismo de los símbolos negativos lo hizo sonreír. Si algo había aprendido de él en la vida era que los sueños casi siempre hablan al revés. Se trataba, evidentemente, del mismo código invertido que cambiaba recién nacidos por culebras y oro por mierda. ¿Qué se estaría creyendo esa caterva de seres atrasados que no descansaban poniéndole peñones en el camino a los Comandos del Recuerdo? ¿Que lo iban a intimidar con un sueñito de catástrofes a la Spielberg? ¿A él, que era un experto descifrador de signos, un detective del pasado, un veterano del futuro? A mal sueño buena caca, se dijo, empuñando la vieja pluma fuente para zamparla en el pote regordete de tinta verde esperanza. Y con una respiración profunda, mandó al carajo la mala espina que —a pesar del optimismo histórico— tenía clavada en el plexo solar.

XIV   VILLATROYA

Toda esa tarde perseveraron, Patria o Muerte, bajo la maligna estrella del parabrisas agrietado. De Monte Membrillo a la Reserva Forestal de Guilarte, a cuanto ser divisaron le preguntaron. ¿Brugman? Será el hermano de Batman. ¿Bauren? En su casa lo conocen a la hora de almuerzo. Ni Hacienda Asunción, ni centenarios entrevistables, ni héroes, ni tumbas, ni na. Sólo la constancia amable del más cruel olvido. La abuela de las amnesias colectivas.

No pocas veces llegó a desviarlos la ambigüedad de los rótulos. Y se metieron por ramales que desembocaban en estrechos caminos vecinales. La lluvia y los truenos mantenían adentro a los pocos habitantes, lo que sumado a la olímpica desorientación de la urbanísima pareja no facilitaba mucho el trámite. Así pues, con las sombras del atardecer aliándose a la nublazón para cerrarles el paso, se vieron obligados a tomar la sabia decisión. Dicho y hecho, Guiomar se enfrascó en complicado reversazo para invertir la ruta y optar por la civilización. Para ese fin, había escogido una fangosa entrada de finca, semi-oculta entre una arboleda de chinas y toronjas. Y ante la resbaladiza tentación, empieza el carro a patinar. Terminando, como era de suponerse, encallado en una zanja abierta por la descomunal goma de un yip militar.

Con todo y lluvia, bajan a inspeccionar la zanja del delito. Se monta Guiomar mientras Emanuel empuja. Se monta Emanuel mientras Guiomar empuja. Empujan los dos. Se montan los dos. El superávit del cansancio y el calentamiento de los nervios les sirven la ñapita del desaliento.

Pero la naturaleza baja la guardia y el aguacero se allovizna. Emanuel sale, tirando vaquerote la puerta, mirando a su alrededor en busca de una alternativa salvadora. Que encuentra, naturalmente. Allí, frente por frente al baúl del carro, el infame letrero capitalista:

VILLATROYA
PROPIEDAD PRIVADA

Guiomar también lo ha visto y señala, eufórica, por el cristal.

La vereda es un chiquero. Y estrechita. Y larga. Y está oscureciendo. Y, como si fuera poco, lloviznando con efectos especiales visuales y sonoros. A cada lado, arbustos de café escoltados por árboles de sombra se mueven al viento. La pareja adelanta a resbalones de tennis enfangados. Guiomar arranca una rama oportuna y Emanuel hace lo propio. Armados, avanzan por ese camino de nunca acabarse que da más vueltas que taxista pillo y, para colmo, empina. Ya en la recta final, divisan una loma coronada por un ranchón estrafalario levantado en zocos.

El techo de zinc se debate entre el moho y un rojo moribundo de ex-hacienda cafetalera. La lloviznita le saca melodías metálicas.

Unos ladridos saludan de lejos el tímido tresspassing. El autor de los ladridos asoma el hocico por la baranda del balcón y, gracias a Zeus, no es un Dóberman. Más bien un Sato Sociábilis que baja a recibirlos meneando el rabo como rumbera cubana.

El balcón ciñe la casa por los cuatro costados. La puerta principal está condenada y también las otras seis. Una tiene las celosías rotas, obra de algún marchante novelero. Las paredes exteriores están crucificadas de inscripciones obscenas y de iniciales presas de corazones acribillados a flechazos. Amateur de lo antiguo, Guiomar empuja la vértebra de la celosía para descubrir un interior casi desnudo salvo por esa mesa de madera podrida y varias sillas malamente despajadas.

La alegría del perrito pegajoso le ha devuelto el buen humor a Emanuel, quien se deja caer juguetón sobre la suculenta espalda de Guiomar. Un buen apretón de reconciliación requiere la adopción de una vocesota virilota para murmurarle al oído:

—Mamita, ¿te gusta este motel de época?

En lo que él lucha con sus escrúpulos antifalocráticos, Guiomar vira la cabeza con una mueca incontestablemente contestataria.

La fuerza de dos cuerpos es demasiado para la osteoporosis de la puerta. Que cede. Y cae.

Villatroya les da la bienvenida.

XV VALOR

Las once de la noche. Algo estaba claro ya. Los muchachos no iban a volver hoy. Bostezó. Se estiró. Dio dos o tres vueltas más. Se calentó una sopa vieja en la estufita de gas y se la tomó en una taza como si fuera café. Redactar una carta era más difícil que escribir un poema. Porque un poema habla por sí mismo. Pero una carta no hace más que sustituir. Como quiera, había que hacerlo. Si le pasaba algo, si al Indio le daba con presentarse antes de tiempo, hoy, noche de la víspera del día, se quedaban Emanuel y Guiomar sin saber La Verdad. Y Don Virgilio perdía el derecho al descanso eterno. La niña del ojo...

Así es que le abrió una lata de atún a la gatería que lo estaba emplazando con la mirada, le puso su platito de arroz a Crisanta y fue a echarse agua fría en la cara para quitarse la pocavergüenza que tenía entre cuero y carne.

Volvió a la mesa, recogió la pluma y cerró los ojos para una invocación relámpago. Un cielo hinchado de nubarrones negros se extendió de repente bajo sus párpados. Don Virgilio se sintió calado por una humedad inmisericorde. Un ventarrón glacial aullaba entre las copas de los árboles. Las ramas de los arbustos le arañaban los brazos y la cara. El resplandor de un relámpago lo cegó súbitamente. Para luego revelarle el árbol desnudo en forma de cruz torcida bajo el cual dormían, confiados, dos hombres marcados por la muerte.

—Dios mío —murmuró Don Virgilio, intentando en vano abrir los ojos— ¿No acabará jamás este suplicio?

El rostro juvenil de Griselio Torresola, sonriente bajo el ala de un sombrero años cincuenta salpicado de rojo, se le coló como Pedro por su casa entre las sienes.

—Compatriota —dijo el héroe nacional con fuerza poco usual para un difunto, meta mano, ¿qué pasa?

Cuando volvió en sí, Don Virgilio sintió la pluma más ligera y el papel menos rebelde. Y escribió la fecha de aquel fatídico 18 de noviembre.

XVI SACRIFICIO

Fue una noche de ésas que llaman inolvidables. Desde las siete se había puesto oscuro. El viento parecía un perro viudo. La lluvia no claudicaba. Había que pisar con pies de plomo por los rotos espectaculares que amenizaban el tablado. Para huirle a las cataratas que bajaban por las filtraciones del techo, se acurrucaron en un rinconcito de la maltrecha sala.

Imposible cultivar el erotismo con tal escenografía. Aunque, en honor a la verdad, por culpa de Emanuel no fue. El hombre hizo sus amagos en las tinieblas. Echó un brazo inútilmente protector. Rozó accidentalmente un seno. Practicó el clásico murmullo a la oreja. Etcétera. La Núbil Niuyorrícan se la pasó estornudando sin tregua, víctima del contubernio del polvo y la murcielaguina. Y —dada la trágica ausencia de Kleenex— soplándose la nariz a la inglesa. *Anyway*, confiesa *off-the-record* para consumo de potenciales cronistas, *it pisses me off* que un tipo me trate de yompear en horas de trabajo... Y de maldad, se duerme.

De cuando en cuando se oían movimientos sospechosos entre el plafón y el techo. Generaciones de ratas que se habían quedado con Villatroya tras la mudanza de los ex-habitantes a una plebeya urbanización de la zona metropolitana, pensó Emanuel en involuntario homenaje a René Marqués. Al revolú de las ratas se sumaba el silbido que producía Guiomar durmiente, obstinada en respirar con las narices bloqueadas.

Como decididamente no había ambiente para el romance, el Joven Historiador Ansioso Por Contribuir al Rescate de Nuestra Historia se entretuvo masoquistamente imaginando lo cómodo que estaría Don Virgilio, espatarrado en su colchón ortopédico y rezándole a los espíritus patrióticos mientras ellos se mascaban aquel monumental tostón de cemento armado. ¿Y si después de tanto pugilato Matías Brugman resultaba ser un agente secreto del imperialismo yanqui? ¿Y si Bauren les salía anexionista o quién sabe si hasta precursor ideológico del trujillismo?

123

Hurgar en el pasado conlleva siempre sus ricos riesgos. Emanuel sintió el escozor de la Ulcera Ancestral de la Autocensura ante la posibilidad de algún destape imprevisto de cucarachero histórico.

Por fin, se dio un voto de huelga y se dejó dormir, no sin antes acercar su bajo torso anterior al bajo torso posterior de la roncante beldad, en caso de que surgiera, durante la larga noche, cualquier encuentro inesperado del primarísimo tipo.

XVII   EL SUEÑO DE GUIOMAR

Unas piernas empantalonadas se asoman por el mayor de los innumerables rotos del piso y Guiomar se despierta, azorada.

—Tío... ¿qué hace usté ahí debajo?

Una carcajada que ciertamente no calificaríamos de cristalina le contesta.

Y una sombra traviesa aparece y desaparece, como un reloj cucú, por el mentado roto.

—¿Mariana Bracetti? —adivina Guiomar, acostumbrada al roce del procerato.

Y la voz guasona, relamida:

—Frío, hermana.

Encabulla Guiomar y vuelve y tira:

—¿Doris Torresola?

—Niña, frifísimo —prosigue el basilón mientras la sombra sube y baja.

—¿Ana Roqué de Duprey? —insiste Guiomar, repasando el oscuro *Who's Who* de las heroínas patrias.

—Helada, camarada —ríe, sacudiéndose el polvo y la murcielaguina, la ilustre cabeza levantada.

—¡Luisa Capetillo! —se esmanda la Guiomar, emocionada, antes de preguntar más *matter-of-fact:*—¿Y qué tal, compañera, qué hay de nuevo?

Capetillo suspira, sacándose un manojo de panfletos subversivos de entre las alas:

—Aquí en la lucha, mija, ya tú ves, tratando de organizar, contra la represión de San Miguel, la Federación Libre de Arcángelas.

XVIII   AMANECE-PART ONE

Clareaba cuando parqueó la pluma. Toda la noche para salir con cuatro tristes paginitas. Siglo y medio de existencia condensado en nada. Y eso, que las Musas estaban trabajando full-time. Sin embargo, había dicho lo que quería. A los setentinueve, haber descubierto el secreto de la síntesis no es poca pica. Garabateó pues su rabuda firma al pie del documento. Las cinco menos cuarto y sereno. Cosa rara, se sentía despejado y alerta, sin el peso del trasnoche en las ojeras. Ni falta que le estaba haciendo el café pulla. A saber si había cabeceado par de veces y par de veces lo habían relevado los Hermanos del Aire.

Recogió la carta, la releyó por cuchocentésima vez, lacró el sobre y lo dirigió a Guiomar y/o Emanuel. Sintió la tentación de añadirle a los nombres los rangos militares que merecían tantos y tan nobles esfuerzos. Pero la certeza de que las recompensas prematuras aguan a los buenos soldados le pasmó el impulso.

Ahora lo importante era esconderla. Esconderla y que sólo ellos dos supieran el paradero de la carta, que eran dos cosas distintas. Sus bifocales emprendieron un vuelo de reconocimiento por el apartamento. ¿Debajo del colchón? No. ¿Dentro de un cojín del sofá? Tampoco. ¿En el fondo del freezer? Naca. ¿En el botiquín del baño? Nipa. Uno a uno fue descartando todos los escondites posibles, unos por demasiado obvios, otros por excesivamente clandestinos. En realidad hubiera querido dejar una cadena de pistas cuidadosamente trenzadas que condujeran discreta pero inexorablemente —como en las buenas películas detectivescas— hacia el manuscrito. Por supuesto, nada tan y tan esotérico que resultara más difícil de esclarecer que el propio crimen de Río Prieto...

XIX AMANECE-PART TWO

A 19 de noviembre —fecha, si la memoria no me engaña, del supuesto Descubrimiento de Puerto Rico— estábamos cuando se declaró amanecido el día. El sol había salido antes de tiempo y se colaba cariduro por las celosías abiertas, pintando rendijas de luz en aquel piso sembrado de trincheras. La estética del momento tuvo por testigo a Guiomar quien, con los ojos encogidos de alergia, salió al balcón para escuchar el concierto de los Gallos Cantores de Yauco. La indiscreción de la madera despertó a Emanuel. Salido de la nada, el Sato Sociábilis le prodigó lambetadas de júbilo.

Y he aquí que se avecina ese momento tan anhelado por los lectores que, con toda la razón, echaban de menos el elemento erótico en esta historia. Guiomar y Emanuel están a punto de conocerse en el sentido bíblico de la palabra. Y nada menos que con la complicidad de una quebrada subrepticia. De las notas de Emanuel se extrae el siguiente pasaje justificativo en torno al magno acontecimiento.

"Eran como las seis de la mañana. Había decidido esperar hasta las ocho para salir a buscar ayuda. Yo tenía tanta hambre que hasta por un hamburger de sato hubiera transado. Guiomar se fue a andar sola por detrás de la casa a ver lo que encontraba. La seguí y la vi metiendo los pies en una poza de la quebrada que cruzaba la finca. Quiero aclarar aquí, por si las dudas, que ya yo había archivado toda idea de sostener relaciones íntimas con ella. Acostarse con Guiomar parecía hasta el momento más difícil que localizar las tumbas de Brugman y Bauren. Pero cuando llegué hasta la poza con la sana intención de bañarme en calzoncillos, ella ya estaba quitándose la ropa. Lo mínimo que puedo decir es que fue una sorpresa agradable..."

Y se zambulleron. Y flotaron. Y nadaron, ajenos al acecho de la bilarcia, tirándose como míticos taínos por una chorrera de piedra quién sabe si hasta decorada por misteriosos petroglifos. Para lo cual, forzozamente, exhibieron sendas anatomías de muchachos de la película. Visión que tuvo sus serias consecuencias. Consecuencias que se convirtieron en causas de otros efectos. Y Guiomar conoció a Emanuel. Y Emanuel a Guiomar. Y si hubiera habido música, hubiera sido un seis de Nueva Trova, así de neocriollo resultó ser el primer *round* sexual de la pareja que, en la intensidad del arrebato pasional, no sintió la mirada vidriosa del ligón matinal parapetado en la maleza...

XX   EUREKA

Al rato de estostuzarse la cabeza, se enfogonó. Y cuando Don Virgilio se enfogonaba, puños daba. Y efectivamente, puños dio sobre la sufrida mesa, sonoro escenario de cenas solitarias y pujos literarios.

Los gatos levantaron la cabeza con mal disimulada curiosidad. Crisanta interrumpió su toilette matutina para batir las alas. Hombre y cotorra se miraron durante lo que pareció una hora y no fue sino un fugitivo instante de telepática efusión. Y entonces a Don Virgilio también le dieron ganas de batir las alas. La solución que se le acababa de ocurrir venía garantizada a prueba de sabotaje.

XXI   A PIE Y EN PELOTA

Así mismito como lo oyen. Ni los mahones *Levi's* de Emanuel, ni la camiseta *Hang Ten* de Guiomar, ni siquiera la ropa interior *Fruit of the Loom* estaban bajo el palito de limón cuando salieron, hechos uno, del agua. Sólo dos pares de tennis enfangados que el pillo había juzgado demasiado asquerosos para su gusto.

Felizmente, la casa no estaba lejos. Digo, felizmente creían ellos. Porque ignoraban que, entre las carcomidas paredes de aquel ex-idílico caserón, los aguardaba la maleanta y enfermita presencia de... ¡EL SATIRO!

La voz que saluda la entrada de los jóvenes no tiene ni el timbre, ni la modulación, ni siquiera el volumen de la de un villano que se respete. Nasalota, ronca y chillona por momentos, pronuncia a gallo limpio el siguiente discurso de bienvenida:

—Si se están quietecitos no les pasa na. Pero si se ponen con pendejases me los paso a los dos *por aquí...*

Contrariamente a lo que se habrá colado por las fértiles imaginaciones de los lectores, *"por aquí"* era un cuchillo de seis pulgadas de filo que, con la complicidad de un perverso rayo de sol, brillaba socarronamente en la mano del Sátiro.

Por razones ajenas a nuestra voluntad, Emanuel y Guiomar prefirieron dar la espalda mientras el susodicho los sometía a la impía radiografía de su mirada.

—De frente— fañoseó el Sátiro, añangotándose para ligarlos mejor. Y la pareja expuso, obediente, la cara A de sus encantos.

—Ella tiene futuro— dijo el Sátiro con su risa satírica. Y a lo mejor fue la implícita crueldad de aquella apreciación estética lo que sacó a Emanuel de su aparente catatonia para arrancarle el apóstrofe que por poco lo convierte en estadística.

—Compañero proletario —dijo, con voz temblorosa.

—A mí no me hables malo —ripostó el Sátiro, levantándose de golpe.

—¡Los chavos están en el carro! —grita Guiomar, presintiendo el cursillo de capacitación política que está por inaugurar su compinche y el posible picadillo de historiadores que podría fácilmente provocar.

El Sátiro se detiene y reconsidera. Un nuevo brillo le anima los ojos.

—Las llaves están en el pantalón —añade Guiomar a lo que iba en camino de convertirse en sonsonete de cartilla fonética.

—¿La cacharra esa que está parquiá en el caminito? —ríe el Sátiro, escalonando la irreverencia. Y sin esperar respuesta, desaparece puerta afuera con el ominoso grito: —¡Si es embuste, prepárense!

Tan pronto se quedan solos, Emanuel y Guiomar se abrazan algo prematuramente, para angustia del público identificado con su suerte. Pero un súbito acceso de realismo socialista interrumpe el prolongado clinche. Emprendiendo veloz carrera escaleras abajo, vereda abajo, quebrada abajo, ponen rico kilómetro de distancia entre sus cuerpecitos desnudos y las garras de su agresor.

Todo parece indicar que Adán y Jeva están perdidos en el bosque. La maleza no deja de ser lo suficientemente densa, hay avispas por furgones y el cielo sigue en plan de abrir la boca a llover a la menor provocación. Guiomar anda muy seria, concentrada, al borde, se diría, del trance. Eso na más faltaba, piensa Emanuel, interceptándonos la imagen con característica insolencia.

Como en trance, efectivamente, muévese Guiomar hacia aquel prometedor espesor de cafetos que por allá jumea. No, por favor, reza ateamente Emanuel, temiendo lo mejor, las tumbas ahora no... Lejos está el Joven Historiador Ansioso Por Contribuir al Rescate de Nuestra Historia de sospechar lo que oculta el cafetal silvestre. Aunque ni tanto, puesto que a sus oídos llega, repercutido por el silencio mañanero, el relincho salvador que lo hace exclamar, perogrullante de emoción:

—¡Un caballo!

Y como todo el mundo sabe, a caballo regalao, etcétera.

Las siete de la mañana del día del dizque Descubrimiento son cuando Lord y Lady Godiva en chámpions avistan la Humilde Choza.

—*Oh my God* —dice Guiomar, casta y pudorosa como boricua antigua.

—Olvídese —sale Emanuel, con el guille resuscitado ante la inminencia de la salvación— usté déjeme a mí.

Sin siquiera una hoja de parra para camuflar su hirsuta virilidad, Emanuel se apea, camina resueltamente hacia la puerta y toca. Guiomar intenta en lo posible taparse con sus luengos cabellos sueltos. Al segundo toque, Equus relincha, indiscreto. Un "Yaaaaa vooooy" debilucho, verosímilmente octogenario, surge de las entrañas de la Humilde Choza.

Aunque de debilucha no tiene ni un pelo público la Santa Matrona que abre y suelta, con todas las fuerzas de sus pulmones de diva frustrada:

—¡JESU MANIFICA!

XXII   DON VIRGILIO EN CRISIS (1)

A la misma hora pero en la capital, se abre la puerta de la terracita que da a las azoteas de Río Piedras y aparece Don Virgilio en bata de casa. La suerte está echada, medita por sobre el paisaje de antenas televisivas que le pulla los ojos. Eleva la vista al cielo, brutalmente azul, siempre tan extremista para sus cosas. Hoy no lloverá en la escupidera descascarada de Río Piedras. El día será claro como ciertas vidas…

Inevitablemente lírico en su pensar, Don Virgilio se deja embelesar por los ritmos y las rimas que lo obseden. Idas son ya las presiones y las prisas. Encontrar no es lo urgente sino seguir buscando. Depuesta está la soberbia del querer ser testigo. Otras manos harán después que ya no hagamos. Puente somos y no río crecido…

—Pero a cuenta deso no se hace na --le espepita una vocecita sacrílega desde las volutas de un intestino rugiente. El atribulado se lleva las manos a la cabeza. Ese dolorcito de cerebro promete. Con un gesto que nunca se sabrá si fue un adiós tristón o un mongo deja eso, Don Virgilio le da la espalda al cielo para volver a sus penumbras habituales.

XXIII   MIENTRAS TANTO EN BUCOLIA

Decente aunque charramente vestidos con camisas y calzones del difunto marido de Doña Remedios, Emanuel y Guiomar saborean un folklórico café, colado en media rota y todo, en la cocina de la Humilde Choza. Doña Reme pasea, con milenaria parsimonia, su considerable humanidad en busca de las galletas Keeblers y la mantequilla federal con que habrá de honrar la mítica hospitalidad boricua mientras los jóvenes relatan sus desventuras.

El "este país está perdío" no se hace esperar, inmediatamente seguido por el no menos plañidero "eso es ahora porque antes había más respeto."

—Ay bendito —dice, arrepentida, contemplando las aureolas angelicales de los dos huerfanitos recogidos —y yo que pensé cuando los vi, así sin ropa ni na, que ustedes eran gente rara desa de la finca del americano…

La confianza que le inspiran aquellas caritas inocentes le aceita la lengua y procede a desembuchar con holgura:

—Ese americano, Míster Klin creo que lo mientan, vino aquí y que de vacaciones, óigame, y se ha quedao hasta con los clavos de la cruz, Dios me perdone, pero ha comprao tierra por un tubo y siete llaves, total, pa venir a meternos ahí una partía de cocopelaos que asustan hasta al propio Cuco…

Y resulta también que, según versión no confirmada de Ra-

131

dio Reme, el Insaciable Latifundista, no conforme con el montón de cuerdas poseídas y por poseer, le había salido a comprar a to cristiano cuanta parcela hubiera en las colindancias de La Suncha. Pa estirar y que la comuna, creo que le mientan a esa juntilla e locos, finaliza la Santa Matrona con un elocuente levantamiento del labio inferior.

Emanuel es el primero en reaccionar. El nombre Suncha le ha taladrado el oído como despertador que no se deja apagar en la oscuridad.

—Perdóneme, Doña Remedios —interviene, domando a duras penas su entusiasmo febril— ¿Cómo dijo que se llamaba la finca del americano?

—Pues La Suncha, cómo se va a llamar —repite la interpelada, ajena al salpafuera emocional que engendran sus palabras. Y añade con aire justamente sabihondo:

—Por Doña Asunción Quiñones, la dueña de enantes, cuando los españoles…

—¿Y eso dónde queda? —mete cuchara Guiomar antes de que Doña Reme vuelva a darle luz verde a su elocuencia.

—Ay, nena, pues ahí, al laíto e la quebrá, aonde mismo está el alambre de púas ese que se ve de la ventana, si quiere y que compramos el solar a nosotros también, figúrate tú…

Emanuel y Guiomar se precipitan hacia la ventana, presas de una inenarrable exaltación.

—Esto aquí es Río Prieto, ¿verdá? —es la pregunta del incrédulo que no se atreve a meter el dedo en la llaga.

—Río Prieto Abajo— corrige Doña Reme con un guiñito receloso de ambos ojos.

Guiomar no disimula más. Se zambulle de pecho en el relato, admirable por lo breve y suscinto, de la búsqueda histórica. Desafortunadamente, a Doña Reme le está mucho más raro el cuento de las tumbas perdidas que el mismo haberlos visto llegar a caballo y en pelota hasta las puertas de la Humilde Choza. Se pone seria. Se le acaba la cuerda. Cierra la lata de galletas Keeblers. Por siaca la están queriendo coger de mangó bajito…

Emanuel empeora su caso preguntando por un teléfono públi-

132

co. La Santa Matrona lo cala de arriba abajo con su miradita especial de echarle flit a los cocopelaos de la comuna de Míster Klin.

—Pregúntenle al hijo mío que ya mismito viene por ahí.

Y con la misma, chancletea sabe Dios hacia dónde y con qué artero propósito.

Emanuel y Guiomar intercambian miradas ambiguas. Un sancocho de sentimientos hierve en sus respectivos pechos de Jóvenes Patriotas. ¿La Hacienda Asunción en las entrañas mismas de una comuna gringa? ¿Las tumbas de dos héroes de Lares en garras de una partida de calvos de quién sabe qué secta satánica y bajo la dudosa jurisdicción de un tal Míster Klin? ¿Y —lo más trágico, lo más terrible de todo— ellos tan cerca y a la vez tan lejos del noble objetivo de sus desvelos? La Silla de Calderón se yergue imponente en el marco de la ventana, muda respuesta a mudas interrogaciones.

El inoportuno relincho del Caballo Regalao, que pasta mansamente en espera de sus nuevos amos, decide a la pareja. Pero en el preciso instante en que cogen impulso para poner pie en polvorosa, una voz familiar, ronquita y fañosa se esgalilla:

—¡Módcl! ¿De quién carajo es el caballo ese que se ha cagao por to esto?

Y al son de un chancleteo presuroso, Doña Reme responde en lo que hasta el momento se considera su mejor imitación de Lucy Boscana haciendo de Doña Gabriela en *La Carreta*:

—Yaaaaaaaaa voooooooooooooy, miiiiiiiiiiiijo, yaaaaaaa vooooooy...

XXIV DON VIRGILIO EN CRISIS (2)

Sale del baño en su bata de rayas lilas y amarillas, con sus inseparables *Guerrillas del Recuerdo* al hombro. Las coloca en la cama como un bebé a quien se le va a cambiar el pámper. Se

perfuma, abriendo para la ocasión el pote de *English Leather*
que le regaló Guiomar para Reyes y se viste, coquetón y cuida-
doso. Se trajea, a pesar de los 95 Farenheit. Se trajea y se encor-
bata. En lugar del pañuelo de hilo, el paño negro de Amparo.
Por cualquier cosa...

¿Acostado o sentado? ¿Con o sin zapatos? He ahí dilemas
que jamás se planteó. El Indio, seguramente que por delicade-
za, nunca le puso el tema. Cierra los ojos, cosa de ambientarse
un poco a ver si sintoniza el Más Allá. El perfil de galán de
Raimundo Díaz Pacheco aparece en la pantalla con su eterno cigarrillo a la Monroig entre los labios. Cógelo suave, dice Raimundo en una nube de humo azuloso, la hora siempre llega...
Y se va caminando hacia el portón de La Fortaleza con la pistola
haciéndole bulto en el bolsillo trasero del pantalón.

Un diecinueve de noviembre a las diez en punto de la mañana, Don Virgilio está listo para la salida de su vuelo sin número
hacia la eternidad. Hasta para eso hay que esperar que le avisen
a uno.

XXV MADRE NO HAY MAS QUE UNA
(MENOS MAL)

A carne humana me huele aquí, no dice El Sátiro. Pero lo in-
tuye. Estoy esmayao, sí dice, esquivando el abrazo de la Santa
Matrona para precipitarse hacia el olor a café que le mueve la
tripa.

¿Cómo narrar sin música de Ennio Morricone el brutal encon-
tronazo de Superligón con sus ligados vistiendo del clóset de su
difunto padre, en la cocina de su propio hogar y con la venia de
su señora madre? Palabras no hay para decir el sobresalto que
allanó su espíritu. El, que ha engañado a la Autora de Sus Días
haciéndola creer que se desempeña como guachimán en

134

una fábrica de brasieres... El, que a fuerza de tumbes ya casi casi tiene en su puerquito plástico los quinientos dolores para el televisor a color que requiere Doña Reme de regalo de madres...

Estos y otros lamentos borincanos abarrotaban el pecho del Sátiro cuando Guiomar y Emanuel levantaron el dedo acusador para denunciar al unísono:

—¡ESE FUE!

De no haberse atacado Doña Reme, aquella dramática escena hubiese irremediablemente culminado en violencia, Pero, por fortuna, Doña Reme sí se atacó. Y cuando Doña Reme se atacaba, alzaba los brazos y sacudía la cabeza como posesa ella. Y cuando alzaba los brazos y sacudía la cabeza como posesa ella, gritaba desaforada. Y cuando gritaba desaforada, no había tímpano en la tierra y planetas limítrofes capaz de resistir aquel registro de soprano coloratura. Al atacarse pues la Santa Matrona, el Sátiro cae automáticamente de rodillas y abrazando los amazónicos muslos de su madre, estalla en sollozos de arrepentimiento.

Emanuel y Guiomar observan fascinados la despampanante metamorfosis del que, poco ha, hubiera sido su violador ocular. Difícil en verdad resultaba creer que ese compungido infante que ahora lloraba sin consuelo implorando el perdón de Doña Reme fuera el mismo desalmado responsable de las actuales cuitas del dúo.

Pero el Sátiro seguía hidratándole el delantal a la Santa Matrona, quien había emprendido, post-ataque, el regreso lento pero seguro a sus clásicas casillas. Hasta que, hastiada de tanto lloriqueo, larga:

—¡Ta bueno ya, carajo, que lo poquito gusta y lo mucho jarta!

Con lo cual, el Sátiro se remite a la razón del proverbio y se dedica a secarse las lágrimas en la manga de la camiseta. Doña Reme se saca entonces, de entre el escote hiper-relleno de su mumu de flores, la oratoria especial para absoluciones y firmes propósitos de enmienda:

—Usté —dice con la íntima formalidad del regaño— le va a devolver la ropa a estos muchachos y los va a ayudar a sacar el carrito de la zanja…

—Pero Módel… —estartea el Sátiro, bajitito.

—No me conteste y haga lo que le estoy diciendo seguida, que si su pai estuviera vivo…

—Pero Módel —vuelve el unigénito con energía inversamente proporcional a la de su censora.

—Y que yo no llegue a enterarme de que usté se ha vuelto a poner con esas fresquerías porque le voy a tener que entrar a…

Nunca sabremos a qué exactamente iba a tener que entrarle la Santa Matrona porque en aquel preciso instante el Sátiro no puede más con el remordimiento y clama, a voz en cuello:

—¡ES QUE YA VENDI LA ROPA Y LA BATERIA DEL CARRO TAMBIEN!

Y nuevamente se abre la Represa de Trujillo Alto de sus lágrimas, para exasperación de Doña Reme, Guiomar, Emanuel, los lectores que ansían conocer aún el desenlace de estas increíbles aunque auténticas aventuras y esta humilde narradora.

XXXVI DON VIRGILIO EN CRISIS (3)

La noche en vela se le está empezando a declarar. Le arden los ojos y no quiere dormirse a la ley de nada para El Momento Supremo. ¿Perderse los ritos del pasaje? ¿Arriesgarse a confundir con un sueño la fuente de toda una vida de interrogaciones? ¡Ni muerto! Aun en estos momentos cruciales, Don Virgilio conserva su insobornable sentido del humor.

¿Qué será de los muchachos? Ha prendido velas, ha colocado el vaso de agua obligado en la mesita de noche, ha meneado la maraquita africana que le regaló Amparo, ha cerrado los ojos con pestillo, ha respirado hondo… y no le llega ni el menor asomo de un pronóstico espiritual. Buen día éste para tener la antena averiada.

El Indio ése es de lo más impuntual que ha conocido Don Virgilio en varias existencias. ¿O será que mediodía acá es medianoche allá con el cambio de horario? Y ahora, ¿por qué le invaden los ojos esas imágenes de calle ensangrentada, esos gritos de niños asustados, esos ecos de gente corriendo, de cuerpos cayendo, de tiros puntuando el ritmo marcial de una *Borinqueña* interrumpida? ¿Qué mal agüero contrabandean los recuerdos de aquel Domingo de Ramos enlutado? Un quejido familiar anuncia el desfile sereno de los mártires. Con una cruz de agujeros en el pecho, Brugman y Bauren levantan la mano para saludarlo, sonrientes. Don Virgilio siente el tajo lancinante del sufrimiento y abre los ojos para boicotear al dolor...

Un olorcito a quemado le está haciendo cosquillas en las fosas nasales. Se levanta para chequear la hornilla. Vuelve al cuarto y sopla la vela, por si acaso, con un gesto reverente de excusa para la tradición. Sus bifocales se concentran en la mueca deslumbrante de Libertad Lamarque, cuyo ojo izquierdo entrecerrado le hace guiñadas imaginarias desde la sala. Y... ¿serán los nervios?, ¿una ilusión sonora?, ¿o es verdaderamente un golpe en la puerta lo que acaba de registrar su oreja menos mala?

XXVII   EN LA PLAZA DE LA REVOLUCION

Lares también es zarpazo, canta Andrés Jiménez, ajeno a la verdad evangélica que encierran sus palabras. ¡Cuán lejos de la Colección Puertorriqueña se encuentran ahora Emanuel y Guiomar! ¡Quién les hubiera dicho que a sólo mes y medio de conocerse estarían, con la mitad del enigma resuelto pero sin carro y sin ropa, tomándose un jugo de parcha frente a la Plaza de la Revolución!

A la una de la tarde, Lares está más quieto que soldado haciéndose el muerto para que no le vayan a limpiar la cachaza. Hace exactamente hora y media que el Sátiro —quien tras su abrupta conversión a Noble Jíbaro, insiste en que se le llame Yunito— ha emprendido el rescate de la batería vendida. Se la negocié a Monón Ramos, un tecato que iba a rayarle el número de serie pa vendérsela palante a un yonqueador que él conoce en Barrio Bartolo, fueron sus últimas palabras antes de desaparecer dejándolos al cuidado de su primo Aníbal, dueño del bar que no cierra ni para Viernes Santo.

Guiomar tiene la mente conectada en Río Piedras. Boricuamente catastrófica, le ha dado con acordarse de que Don Virgilio es viejo y vive solo. Emanuel intenta desinflarle las predicciones con su racionalismo empedernido. Pero Guiomar está más allá de toda demostración científica.

—La ligonería debe ser cosa de familia — concluye Emanuel, verificando la insistencia con que los enfoca el primo Aníbal.

—¿Quieren otra parchita? —ofrece el mismo, solícito, para disimular la turbación que le produce la mirada escrutadora de Emanuel. Pero, en eso, se oye un cláxon ensordecedor y una voz galluda y fañosa que saca a todo Lares del nirvana vespertino:

—¡LA CONSEGUI POR DIEZ PESOS MENOS!

Con una mirada entre nostálgica y maliciosa, Aníbal los ve montarse en el Toyota del Noble Jíbaro.

—Ahora vamos pa casa de la vieja —explica el Sátiro, delirante de entusiasmo.

Guiomar y Emanuel se dan la mirada más larga de este cuento largo. Alarmados no es adjetivo suficiente para describir su desbarajuste mental.

XVIII EL SECRETO DE CRISANTA

Falsa alarma. Doña Reme les había preparado sendos platosque-no-los-saltaba un cabro de asopao de pollo con tostones y ensalada para celebrar la rehabilitación del fruto unigénito de sus entrañas. Luego los quiso tentar con una siesta en la hamaca que tenía guindando en el balcón de la Humilde Choza. Pero Guiomar se empeñó en coger carretera, obsesionada como estaba por el bienestar de Don Virgilio.

El Noble Jíbaro y la Santa Matrona los acompañaron hasta el caminito de Villatroya. Yunito reinstaló la batería con sospechosa eficiencia. Acto seguido, juntaron esfuerzos para liberar la goma prisionera. Un solo empujón de Doña Reme bastó para que el fango sacara bandera blanca. Con promesas de pronto retorno y futuras jarteras se despidieron los muchachos. Ojiaguados, Doña Reme y Yunito estuvieron agitando la mano hasta que el carro no fue más que un puntito rojo en la montaña rusa de la 128.

Las cinco de la tarde eran casi cuando Emanuel y Guiomar subieron de un tirón los güelemil escalones de la morada virgiliana. La puerta abierta confirmó las inquietudes de la sobrina-nieta. El nunca deja abierto, rezaba el leitmotif de la angustia. Emanuel inventaba alternativas bobas: un olvido, una distracción del viejo, una bajadita impromptu para comprar el periódico... Pero a él también estaba empezando a dolerle la barriga.

Guiomar pregunta la hora, a la caza de una posible pista, mientra recorre como un zepelín las piezas del apartamento. Y tal una respuesta calculada, se oyen los cinco campanazos. El pícaro pico de la cotorra se abre para dar paso al patriótico concierto. Guiomar prorrumpe en sollozos, emocionada por el recuerdo del tío. Solidario en la desgracia, Emanuel llora también la desaparición del viejo que tantas rabietas le hizo pasar.

Mas no bien termina la cantata, a los últimos acordes de "laaa-aaa liiiiiiiii-beeeeeer-tááááááá", la cotorra prolonga irreverente el verso, repitiendo tres veces corridas: "Lamarqueeeeee, Lamarqueeeeee, Lamarqueeeeee". Y si esperaban que dijera que Emanuel y Guiomar se miraron, no se equivocaron. Y miraron a Crisanta. Y volvieron a mirarse. Y miraron también a Libertad Lamarque, quien, archiarresmillada en su sonrisa continental de Novia de América, guiñó el ojo más allá de toda duda razonable.

XXIX   CORRESPONDENCIA (4)

18 de noviembre de 1983

Queridos:

Es hora ya de que conozcan la causa antigua que motivaba algunos de mis actos, irracionales para tí, Emanuel; justificados aunque oscuros para tí, Guiomar; únicamente transparentes para este viejo espíritu atormentado. Cargo con esta culpa como con una lepra de la que debo purgar a los seres que habrán de reencarnar en mí. Lean pues con los ojos del alma, los únicos que pueden desnudar al engaño.

A la edad de siete años, sufrí una serie de extrañas dolencias que llevaron a mis padres al borde de la desesperación. Mareos, náuseas, desmayos se apoderaban de mi pobre cuerpo y no cedían ante ningún tipo de remedio. Los médicos no sabían qué decir. Aparentemente se trataba de un niño sano, de constitución normal y mente perfectamente equilibrada. A escondidas de mi padre, materialista intransigente, Mamá recurrió entonces a La Obra, en la que creía fielmente desde su temprana juventud. Y me llevó donde Doña Consuelo, una mediounidad que se especializaba en trabajar las causas. Allí fue que entré en contacto por primera vez con Francisco Quiñones, quien se presentaba en aquel entonces como guía de luz.

Sin embargo, la sensación que dejaba su ectoplasma en el aire era la de un malestar y un desasosiego profundos. Doña Consuelo le confesó a mi madre, luego de la sesión, su temor de que el tal Quiñones fuera un espíritu atrasado, empeñado en hacerme daño por alguna ofensa misteriosa de otra existencia. Nos pidió que rezáramos por el reposo eterno de esa alma atribulada y recomendó baños y santiguos. Con eso, al parecer, se cerró ese capítulo de mi vida espiritual. No volví a experimentar los síntomas descritos hasta bien entrada la adolescencia.

Unos años más tarde y contando yo diecisiete, me hice Cadete de la República bajo el liderato de Don Pedro Albizu Campos. Mi entusiasmo revolucionario me llevó a hurgar en el pasado histórico de nuestra patria. Desarrollé un gran interés en la época del Grito de Lares, predilección que respondía evidentemente a la razón que estaba por descubrir.

Fue así como, al leer la crónica de José Marcial Quiñones, me topé cara a cara con el nombre de Francisco Quiñones El Viejo. Con la revelación de la identidad de mi perseguidor, entré en una nueva etapa de enfermedad y depresión. Volvieron las náuseas, los mareos, los desmayos. Y sobre todo, una inmensa angustia que no acababa de comprender. Volví entonces a frecuentar los círculos espirituales en busca de ayuda.

Así llegué hasta Amparo, la de Arroyo, una mujer de impresionante fortaleza y luminosidad. Y pude, a través de ella, conocer el resto de mi triste historia. Y digo mía porque ésa es la dolorosa verdad: yo fui Francisco Quiñones El Viejo, peón de la Hacienda Asunción, que intimidado por un coronel español delató el paradero de Brugman y Bauren el 30 de septiembre de 1868.

Amparo me lo advirtió: sólo te limpiarás de esa terrible culpa al encontrar las tumbas de los asesinados y darles la digna sepultura que merecen. Francisco Quiñones no descansará en paz hasta ese día.

Durante muchos años lo intenté sinceramente, leyendo, investigando, entrevistando sobrevivientes del Grito de Lares. Pero, por alguna razón desconocida, mi tarea se veía siempre impedida por algún suceso de mayor urgencia. La Revuelta Nacionalista me llevó a la cárcel como a tantos compatriotas. Allí estuve varios años. Cuando pude salir, me casé con Mercedes, con quien conocí por un brevísimo espacio el dulce descanso del amor.

La edad y la experiencia me permiten reconocer ahora que había también otros escollos: los que venían de adentro. La duda, por qué no admitirlo, alimentada por la vanidad de no querer aceptar tan desgraciada biografía, me reducía a la pasividad, a la desesperanza… Otras tareas han solicitado mi atención y concentrado mi esfuerzo. He dado testimonio de mi actual existencia en una obra que encontrarán ustedes junto a mi persona. Hay en ella una serie de datos sobre nuestra historia nacional que tuve el privilegio de vivir y el deber de contar. Pero desde la muerte de Mercedes no conozco la paz que da el trabajo realizado. Tenga una deuda pendiente, una cita que no perdona.

El 23 de septiembre pasado, mi guía espiritual, al que cariñosamente llamo El Indio por sus pómulos altos y su piel cobriza, me habló en sueños. Pude ver, junto a las de Matías Brugman y Baldomero Bauren, mi propia tumba. Y en la lápida que llevaba mi nombre, una fecha: la del 19 de noviembre, es decir, la del día mismo en que leen ustedes estas líneas. Recé, pedí una tregua, pero no recibí contestación. Justo después se conocieron ustedes. Lo demás es cuento compartido. Te incorporaste a mi búsqueda, Emanuel, o yo a la tuya, como prefieras verlo. Y volví a vivir en la ilusión de la misión cumplida.

Hoy, 18 de noviembre, sabiendo que estoy a pocas horas de dar el cambio definitivo quise que supieran ambos que no me movía sólo el egoísmo de descubrir sino la responsabilidad de redimir. No se me ha dado la dicha de conocer el resultado de las investigaciones. Pero no me cabe la menor duda de que encontraremos las tumbas de los caídos y que sus espíritus resplandecientes, junto al de mi pobre Francisco El Viejo, nos guiarán hacia mejores y más claros mañanas.

Les confío los diez tomos de las *Guerrillas del Recuerdo*. Protejan esas páginas, Guiomar. Los enemigos de este pueblo las acechan para destruirlas, para tergiversarlas. Y el peor enemigo está en nosotros: la fuerza avasallante del Olvido. Cuando la Patria sea libre, cuando la sensibilidad de todos acoja en su pecho generoso la Verdad, surgirán las banderas ensangrentadas, las campanas silenciadas de nuestro pasado. Pero también los cuerpos imperecederos de nuestros héroes.

Los abraza su hermano y compatriota, Virgilio.

XXX   FALSO FIN DE CUENTO

No dio tiempo a echar su lagrimón y/o cantar las alabanzas del muerto. Porque tan pronto como terminaron de leer el postrer mensaje, pegado al dorso del cartel de Libertad Lamarque, asomó la cabeza el Rey de Roma, seguido por su ejército de gatos.

—Adiós, ¿ya llegaron? —dijo, anticlimático, antes de sentirse enlazado por dos pares de enérgicos brazos. Infinitas preguntas más tarde, se pudo sacar más o menos en claro lo que fielmente transcribo aquí:

Poco después de mediodía, una vecina había venido a anunciarle a Don Virgilio el fuego que estaba haciendo escante en el tercer piso del edificio. Como buen ciudadano y perfecto caballero que era, Don Virgilio había notificado inmediatamente a los bomberos. Quienes, cuarenticinco minutos más tarde, habían hecho por fin acto de presencia. Mientras tanto, los vecinos, acaudillados por el Infatigable Anciano, habían logrado arrinconar el fuego en la cocina con frisas y colchones mojados y así, salvar las pertenencias de la dueña del apartamento, quien se encontraba ausente. La agradecida víctima del siniestro (cuyo misterioso origen jamás se logró aclarar) llegó en medio de la algarabía general y allí mismo se formó el rumbón celebratorio. Mandaron a buscar pasteles, guineítos sancochaos y cervezas. Y hasta los bomberos tardíos se atracaron el banquete improvisado.

—Tío —grita entonces Guiomar, todavía no enteramente

convencida de la sobrevivencia del viejo— ¿entonces no se nos muere hoy?

—Tiempo hay todavía —dice Don Virgilio, lapidario— el día es joven...

Y cosa de cambiar el espinoso tema, contrainterroga de lo más casual:

—Bueno, ¿y qué tal de viaje?

XXXI   NOTAS (4): 29 de febrero de 1984

"Mañana, primero de marzo, fecha del Ataque Nacionalista al Congreso Yanqui, darán comienzo las excavaciones. Presentes estarán entre otros, el arqueólogo del Instituto de Cultura, el director del Centro de Estudios del Caribe, el tataranieto de Matías Brugman, la cónsul dominicana, los historiadores Juan Manuel Delgado y Benjamín Torres, un grupo de ex-prisioneros políticos, camarógrafos de *Teleluz* y reporteros de *Claridad*.

Pero no crean que todo se va a ir en discursos oficialotes. Allí estaremos nosotros para darles el reconocimiento que se merecen a Yunito, Aníbal y Doña Reme, que organizaron a los vecinos de Río Prieto Abajo para hacerles la vida imposible a los cocopelaos de Míster Klin y rescataron la Hacienda Asunción para la Intra-Historia.

Habrá que levantarse al amanecer. Don Virgilio se echa una hora bajando esa escalera. Y con Crisanta al hombro serán dos...

Guiomar me amenaza con apagarme la luz pero no tengo ni chispa de sueño. ¿Qué les parece esta idea que se me acaba de ocurrir para una posible monografía tan pronto tenga un ratito libre?

SEGUNDO RUIZ BELVIS EN CHILE: ¿ASESINATO POLITICO O MUERTE NATURAL?

EPILOGO

Esa misma noche, cuando El Indio vino a buscarlo, Don Virgilio creyó que estaba soñando. Por eso no se le alteró el pulso ni se le agitaron los pulmones al detenerse con él sobre la baranda de la terraza antes de lanzarse al lago tibio del sereno. Tampoco lo sorprendió sentirse volando, al ritmo de los ángeles viejitos, sobre los techos de Río Piedras.

El cielo estaba claro y la luna regordeta como una alcapurria plateada. Las luces de la ciudad se iban apagando con la altura.

—A la izquierda en la próxima estrella —dijo El Indio, desapareciendo momentáneamente entre las nubes.

Al divisar la escalera infinita de la Vía Láctea, Don Virgilio temió el embate de los achaques y protestó, en un acceso supremo de vagancia:

—Pero ¿en qué sínsoras queda ese lugar?

El Indio sonrió y, rozándole la oreja con sus cabellos largos y lustrosos, dijo con suma discreción:

—Mire, Don Virgilio, mire quiénes vienen por ahí…

Al principio, Don Virgilio no vio un divino. Pero, poco a poco, tres figuras borrosas se le fueron infiltrando por los ojos. A medida que las facciones se iban dibujando como en una pizarra mágica de luz y niebla, reconoció el bigote cano de Matías Brugman, la nariz chata de Baldomero Bauren y el moño pizpireto de Mercedes.

Entonces la artritis, la sordera, los juanetes, la catarata, la arteriosclerosis y todos los viacrucis de la edad lo abandonaron de un solo golpe de teatro. Y subió los escalones de cuatro en cuatro, con la energía de sus quince años.

INDICE

OTROS AUTORES DE PUERTO RICO EN EDICIONES DE LA FLOR

Impreso y encuadernado en GRAFICA GUADALUPE
Av. San Martín 3773 (1847) Rafael Calzada
en el mes de marzo de 1994